塵之夢

倪慧山 著

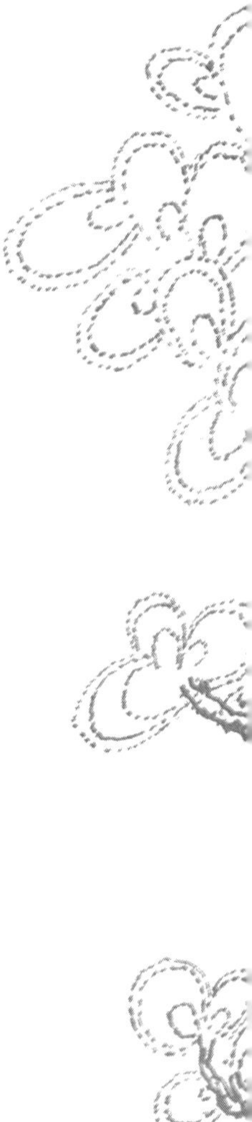

謹獻給

撫育我成長的父親和母親

目次

第一部

性相近

那年仲夏的一個傍晚，西邊山坳裡伴著絲絲雲霓，我跟剛滿三周歲的兒子講故事：你出生那一天，正好是我們鄉下人俗話說的，「六月六，買點肉燉燉。」意思是個好兆頭，天太熱，在家歇憩，不用下地幹活去了，還不到鎮上去買三斤豬肉來燉著吃？當然還要放點竹筍、山藥和豆皮卷之類一起燉，吃起來才有滋味啦！「那我們就去鎮上買些肉來燉燉呀！」他睜大了清澈無邪的眼睛催促我，他不明白現時買豬肉要憑肉票的，每人每月只准購買半斤肉，全家五口，加起來一月僅夠二斤半。我們家是城市戶口才有這特權，鄉下戶口的農民一兩肉票也不發給的。孩子小，不懂的事太多了，解釋給他聽也不一定明白，說它有啥用，趕緊把話頭岔開。

我又對他講：你出生第七天，剛滿一星期，自個兒就會在眠床上翻身，從朝天睡向左一轉，變成左側睡，過一會兒，又翻轉身向右側睡，能著吶！「真的嗎？」他又睜大眼睛轉過頭去問媽，媽媽點點頭。

我接著講：剛滿兩個星期多一天，就是出生後的第十五天，你隨外婆第一次乘火車從京城去上海，又從吳淞碼頭搭小火輪去崇明島外婆老家，因為媽媽沒有奶水餵你，又要天天上班工作。外婆說了，還不如我帶小寶回鄉下去養呢！就這麼一錘子定音。你是在崇明島鄉下由外婆餵奶粉長大的，那個時候奶粉還難買著呢，都是托你小舅走後門買的。小寶聽不太明白什麼叫走後門，疑惑地看看媽，媽媽潮濕的眼睛裡已經滾下成串的淚珠，掛在臉頰上並沒有去擦拭。

自此，我對小寶講的這番話那番話這故事那故事都深深地印記在他的腦海裡，把它們當作他小時候的軼事永遠忘不掉啦！

我自己小時候的故事呢？全數從我媽我祖母嘴裡聽來的，幾十年過去了，我仍然牢牢記得。

我家住長江口，六月天出生，據說那年特別熱，夏季又特別漫長。農曆六月十八日夜晚，悶熱得兇，無風又無雨，人人都待在院子裡搧蒲扇納涼，只有我祖母陪我媽窩在臥房裡不出來。接生婆下午已來過，等了半天沒等著，剛回到家，我媽又喊肚子疼，原來這回真的是我降生了，晚上八點半鐘是我來到這世界上的真確時間。

我的乳名在我出生之前就定好了的。那時節東洋鬼子打進中國來了，兵荒馬亂，日夜不安，小老百姓奢望過和平日子，所以我爸說就叫景平吧，取祈望和平光景的意思。我媽總附和不爭的，過和平日子好呵！後來覺得叫起來有些拗口，所以叫我小平的時候多。

老百姓要和平，社會就是不和平不安寧。小平我出生的第三天傍晚就加入逃難行列，當然不是大逃亡，行走幾萬幾千里，只是小逃難。我宗族裡的大哥哥大姐姐們和其他少男少女們成群結隊躲進大竹林大樹林子裡去了，或分散隱蔽到荒郊野地裡去，只有趁天剛黑下來的初夜時分，偷偷摸摸潛回家來拿些乾糧吃食趕緊走，即使夜間也不敢住家裡，白天怕兵夜間怕匪來抓來搶，兵匪本是一家親，同樣無惡不作。我由我媽和祖母替換抱著躲進黃家阿娘小茅屋裡去，她家離我家足足有兩里路遠，要先過一條小河，河面上有條蹋水橋，說是橋其實是用一塊木板搭在河岸兩邊，人走上去，木板就往下沉，幾乎要觸到水面上了。我媽和祖母都不會游水，晚上摸黑過河，一搖一晃害怕得要命，幾次差點兒掉進河去，懷裡還抱著我這小不點兒呢！我媽後來告訴我，那都是菩薩保佑，真不知道一次次是怎麼過來的。黃家阿娘的小茅屋只有拳頭大，小得不能再小，又破破爛爛，看上去隨時就會倒塌，可是它最安全最可靠了，兵匪們萬萬想不到我們老小四口躲藏在裡面的。偏偏我又不愛哭，只要吃飽了奶就一頭睡去，不出聲。我媽常為這優點誇耀我傻乎乎的好帶。

我們家宅子不算大，中等規模，住五、六戶人家。我家只有三間西向瓦房，白牆黑瓦，還算整齊，但從亂世時代安全上著想，就大不如草屋了。盜匪判斷住瓦房的總比住草屋的有錢，住正房的總強於住廂房的。在我出生前好幾個月的一個黑夜裡，盜匪來搶劫了，蹬蹬蹬一陣急速雜亂的腳步聲衝進宅子來，各家房前屋後都有人把守住，我媽驚奇又沒經驗，不自覺地打開一扇窗戶往外看，一瞬間閃過一條黑影用手槍口對準我媽，嚴厲喝道：「快關窗！不關你們的事。」媽嚇得不敢吱聲，連忙關上窗，屏氣靜聽，北面正房那邊傳來吆喝聲陣陣不斷，緊接著又傳過來女人小孩的哭叫聲哀求聲和抽打聲，混雜不清，亂作一團，不到半小時又聽到雜亂無章的蹬蹬蹬腳步聲向宅子外邊走去，一切又復歸平靜，春蟲吱——吱——吱單調的鳴叫聲又填充了這夜空的寂靜。第二天清晨才知道，那些盜匪搶了做棉花生意人家的錢財，當夜現錢不多，威脅過三天夜裡再來取錢，真是亂世，盜匪膽大妄為至極，個個都是草頭王。還有一次也是前半夜，朝東屋裡來了一股強人，個個穿一身黑短裝戴一頂黑帽子摸黑進來，二話沒說，抓住主人強灌辣椒水，毒打一頓，也是勒索錢財。後來傳出流言，那當家人曾在縣城為小日本透過消息，做壞事造孽，罪有應得，反正傳什麼的都有。

再有一次可驚險極啦！差些把我們整座宅子夷為平地。據說事情是這樣的：太陽西斜到了屋脊高的時分，突然來了五、六個穿黑衣短褂男人，個個腰裡別著匣子槍，衝進偽鄉長的家，一問偽鄉長不在家，再追問，家裡人回答上南邊大橋鎮去了，是上午去的，照理現在快回來了。那些人把宅子封鎖了，只進不出，任何人都不准出去走漏消息。

偽鄉長家人連忙煮水泡茶、遞煙穩住這些人。話說偽鄉長的父親正和大孫女在南橫河釣魚玩，回頭一看宅子上這陣勢不對勁，心想大事不妙，丟下釣竿，吩咐她孫女趕緊往大橋鎮方向跑，通知她父親出事了，叫他先不要回家來，在外邊躲一躲。那老頭拔腳就朝西北方向縣政府所在地跑，去報告日本憲兵隊。

話分兩頭，偽鄉長大女兒跑不到一里路，就看見她父親醉醺醺搖搖晃晃正往家來，一把截住他，跟他一說，父女倆一起掉轉身又折回大橋鎮去了，嚇得幾天沒敢回家。再說這老頭兒，六十好幾的人了，跑跑走走，跌跌撞撞到了小日本憲兵隊，上氣不接下氣，比劃著總算把情況說清楚了，一隊偽軍，俗稱黑老鴉和一小隊鬼子兵一聲令下，扛了兩挺重機槍立即跑步出發，叫老頭帶路，老頭剛才已經累得半死，現在叫他哪裡跑得動？一路上鬼子兵又罵又推搡他，總算挨到遠遠隱約可見到我們宅子時，黑老鴉和鬼子兵甩開那老頭，逕直向宅子撲來，離宅子不足兩百米遠，鬼子兵就在

二十世紀八〇年代初期興建的鄉村農舍，三開間，右側是客堂兼餐廳，左側兩間臥室。最右邊的小披間是竈房，燒柴禾的老式竈頭，一只大水缸，水從東山頭地上挖的一口露天井中提取。飲食、洗菜蔬和洗衣服的水全源於這口水井，今日依舊。屋前的籬笆裡邊樹底下的那一塊狹窄的土地上種蔬菜，自家吃不完時還可拿到縣城菜場擺地攤去賣。這條狹窄的土地有個奢侈的專用名詞——自留地，也已經有五十餘年歷史了。（2009年春季攝）

宅子四周布下崗哨，把宅子團團包圍住了。

回過頭來說那些黑衣人，他們一邊喝茶一邊抽煙一邊等偽鄉長自個兒撞進來，一支煙功夫兩支煙功夫都過去了，仍不見人影，起疑心了，追問他家老頭去哪兒了？回答說：「釣魚去了。」「哪兒？」「南橫河。」其中一人覺得事有蹊蹺，把煙頭一扔，站起身嘴裡說：「我去看看。」拔腿就往外跑。跑到南橫河四下裡找，哪有老頭的影子？只見兩根釣竿歪斜在蘆葦邊，明白事情不妙，趕緊跑回宅上向一個頭兒樣人一耳語，那人只說了一個「撤」字，他們一夥人拔腿就往東北方向跑了。臨了撂下一句狠話：「老頭兒要是去報告日本鬼子兵，絕沒有好下場！」

穿黑衣人們前腳跑，鬼子兵後腳就到。等鬼子兵布好崗哨，黑老鴉扯開嗓子向宅子上喊話，宅子上的老百姓倒嚇了一大跳。就是沒有人敢出聲，個個屏住氣，關住自家門並閂上門閂。待到第二、三遍喊話之際，偽鄉長媳婦開門答應：「他們人走了！」漢奸才領著鬼子兵們大著膽直衝進來，把宅子上的人都趕出來，聚在院子裡，喝問是怎麼回事？還是偽鄉長媳婦一答一問把事情大致說了。這時那個領頭的鬼子兵蠻橫地朝對面站著的壯年人黃振聲連抽兩個耳光，吼叫：「你的年紀輕輕的不來報告，為什麼的？派個老頭的來，為的什麼的？」顯然嫌老頭跑慢了，可巧這時那老頭兒上氣不接下氣趕到了，湊過來對著那鬼子兵頭兒背後喘粗氣。那鬼子兵頭兒回過身來吼道：「你的對皇軍大大的好！」翹起大姆指伸到他鼻尖上，老頭兒正想陪笑臉相迎領賞，不料那鬼子兵頭兒突然變色大吼叫：「你的不能跑快點！」順手也賞了這老頭兒兩記耳光！

一聲哨音，四下裡崗哨都撤回來，鬼子兵黑老鴉們扛著兩挺重機槍列隊回縣城去了。有人說了，虧了新四軍早走一腳，否則碰上鬼子兵黑老鴉，雙方打起來，整個宅子都毀了，咱們沒有一個可活命的了。也有的反駁道，那些黑衣人也不是好人，現時亂得很呢，假扮的有的是，恐怕都是黑吃黑吶，也說不定！

要知道那時節，我還躲在媽媽肚子裡，已算避過一劫，要不就沒有今天的一切，也沒故事可講了，都早已灰飛煙滅啦！

我一出世，媽媽爸爸都說我的長相像外公，可惜我從未見到過外公，也沒能叫他一聲外公，他早過我出世前十年就走了，在我心裡默默地遺憾一輩子。稍稍長大，我會照鏡子了，知道我長得可像媽媽，臉龐像眉弓像，鼻樑鼻翼都像，嘴唇也像，其實最像的是頭髮，又粗又濃又密，我媽頭髮白得早，後來我也白得早，我二十二歲時就發現第一根白髮，現在已經滿頭銀白色了。這是我媽媽給予我的一份寶貴遺產。

我雖沒見到過外公，可是關於外公的故事從我媽我爸那裡聽來不少，現在只記得最精彩的片斷了。外公姓張名紹山，前清末代秀才。外公的父親也就是我的曾外祖父是個大財主，造了一個大宅子，三個大天井，前後四排正房，高高的七根檁條呢！宅子四周挖了一條寬闊的大河溝把宅子嚴嚴正正圍住了，宅子前半部左右兩座吊橋高高地神氣地通向宅外天地，威嚴得很，一座典型的地主莊園。小時候隨我媽多次去外公家看外婆，她活到九十五歲，瞎了雙眼勉強活了五、六年淒苦日子，只因她的唯一的兒媳婦不人道，一心要虐待她。不說別的，我媽送給外婆的點心糕團都忍心偷去吃，其餘的就可想而知了。外婆向我媽訴說，你哥做人太懦弱，管不住媳婦，樣樣聽她的。我看真是這樣子，舅舅只知道起早摸黑到地裡幹活，像個機器人，很少聽到他說話，更不見他笑過，老在歎氣。這人活得好沒意思。在背後，我管舅媽叫「魚鷹眼睛」，她的眼睛像鄉下河溝裡抓魚的魚鷹的眼睛那麼凶那麼狠，也沒見她說笑過，永遠緊繃著臉，好像誰欠了她幾百幾千吊錢不還似的。在我小孩子眼中，舅媽身材老高，大骨架子，臉龐又瘦，眼窩凹陷，從凹陷的眼窩裡射出來的光是藍色的，的確很兇，我見到她時嘴裡喊一聲舅媽，心裡卻很害怕，總是趕緊走開玩去了。其實我一直想不通舅媽為什麼會這樣？有人說土改的時候積的冤，當初把他們家劃為富農成分，被拉去村民大會上鬥過幾回，也不是什麼吊起來大打大鬥，只不過打幾頓屁股之類屬於小小不言的把戲。往後來搞覆查，鄉裡放出話來，倪家大宅地主富農太多了，不利於鬥爭需要，說我舅家屬於可上可下戶，往上升為富農往下降為上中農，兩者均可以，所以在覆查時就降為上中農。這一上一下兩者差別可大著呢，你聽聽看，地富反壞右黑五類分子是階級敵人，敵我矛盾性質，子女上學當兵就業都難著吶！可舅舅舅媽他們不思鄉裡和村幹部的好意，反而記住了被冤枉打的幾頓屁股，真不知好歹，據說當時也沒打得皮開肉綻，更不可能結下大傷疤什麼的，他們真是想不開。

再往後來，我的大表兄二表兄都娶妻生子了，舅媽身體早衰，不能下地幹活，在家操持家務也慢慢力從不心，一切都由大表嫂主持，哪知道到了此種光景，舅媽落到大表嫂手裡也沒好口子過，常常被欺侮怠慢，飯食有一頓沒一頓，或早或晚都十分不遂舅媽心意，按舅媽一輩子任性獨斷的脾氣早就忍無可忍，有一天傍晚終於爆發了戰爭，逼問大表嫂為什麼這樣虐待她？你真想不到大表嫂是怎樣回答的，她一不惱火二不高聲，竟湊近舅媽身畔細聲細語慢慢道來：「以前你怎樣虐待太婆的，我現在也要照你的樣待你，怎麼樣？」舅媽聽了氣得一句話也說不出來，閉上眼睛也不顯兇狠了。後來她用低到只有她自己聽得清的聲音不斷地重複念叨：報應啊！報應！

扯遠了，說我外公說到哪兒了？孫中山領導的辛亥年國民革命成功，有望走向共和了，清朝末代皇帝溥儀被圈養在他的皇宮裡。我外公這個前清秀才也就沒事可做，更斷了仕進前途，於是被人聘去做家教，本來也不錯，像鄭板橋那樣坐館家教也是蠻正當的舒適的職業，他到匡家教兩姐妹讀書作詩填詞，倒也輕鬆自在。大小姐年十七，瓜子臉龐薄嘴唇，聰敏伶俐，情竇初開，日子一長，對我外公頗有癡心，我外公呢，人長得高挑魁岸，又正值壯年，哪裡經得住妙齡女郎輕微的暗示，早就亂了方寸，把師生關係丟到了九霄雲外。你想天底下哪有不穿幫的豔情故事呢？何況天天都在匡家一家上上下下十幾口人的眼皮底下，終於被匡太太發覺了，告訴她老爺，匡老爺大發雷霆，威脅不僅要解雇我外公，而且還要狀告他敗壞他女兒的名節。這還了得，我外公丟了飯碗倒不要緊，打官司名聲不好聽，和匡大小姐一商量，一不做二不休，竟不顧儒教名節，雙雙私奔，雇一葉扁舟飄過長江，先到蘇州立腳。和故友商量去處，故友說不用走，就先在家裡住下，並安慰外公不會有事的，匡家放風想告狀，是欠考慮，或許是虛張聲勢，另有圖謀。我外公聽了，覺得有理，就此住下，等過了這一陣風頭再作計較。陪著匡大小姐把蘇州城玩個痛快，什麼滄浪亭、拙政園、留園、獅子林和網獅園，什麼虎丘、寒山寺、盤門、北寺塔等古蹟名勝都留下他倆足跡不提。第二年農曆年剛過，匡家放話出來，要求我外公置辦酒席正式納妾，因為匡家覺著生米已經煮成熟飯，女兒再嫁誰也不要，還不如順水推舟了事。所以，故友托人打聽坐實匡家此意，才送我外公和匡大小姐過江回家。外公回到橫沙鎮張家老宅，外婆老大不高興，卻也無奈，要我外公在老宅外空場西南角上蓋一排三間瓦房另住，外公一切照辦，後來和匡大小姐生了一男一女，加上和我外婆生的一男四女，真是一個不小的大家庭。日子久了，我外婆和她相處還和睦，以姐妹相稱，我媽媽輩稱她為小媽媽，我叫她小外婆。我小時候跟我媽去外婆家，有時還特為去看看小外婆，因為那時外公已去世多年，她只和兒媳婦住，兒子又去了上海做事，家裡很冷清，生活很一般。我媽菩薩心腸，常說小外婆生活不易，很難為她的。

我有兄弟姐妹五人，排行老三，上有大姐和大哥，下有兩個妹妹。大姐比我大十歲，我出生那時，兵荒馬亂的，她輟學在家，經常抱我，因為我塊頭大，她很吃力很累，她說由此得了胃病，也不知真假，不過胃部常受壓迫也不是好事，她講的也有幾分道理，我就認了吧！我爸在外教書，家裡有四畝多地，重活請短工來做，平日裡輕活全靠我媽一人做，鋤草、菜園澆水除蟲、摘棉花等等十分辛苦。家裡生活過得不富裕，有時還斷炊，大約我四歲多，有一回，家裡揭不開鍋了，實在沒辦法，我祖父跑去我外婆家借糧，那時外婆還健在掌家呢，太陽西下時分，祖父擔回來兩面袋麥子，剛落肩，放在屋前臺階上，我見了就直奔過去，趴在袋子上拍手哈哈笑了，開口連說：有吃了，有吃了！這情景我的印象很淺，那是我媽等我長大後給我講的故事，卻由此加深了我的記憶，每說一遍就加深一層，一層加一層又一層，慢慢就變成了我自己記憶中的故事了。不知你有沒有過這種記憶經驗？其實這是一種非常普遍又不被注意的神秘經驗，及至我長大投入社會之後，又經歷過幾次，不過都是些令我心寒不快之事。

開懵懂，我上祖父教的書塾，就在我家客堂屋南貼隔壁的房子裡，不足十五個孩子，年齡不一，班次也不同。祖父上鬚留八字小鬍子，嚴肅起來外表還很嚴厲，每次上課總帶一把木質本色戒尺來，端端正正放在教桌左前方，讓我們一眼看得到，偶然用一下，也不算厲害，它的威懾作用比實用大得多。我讀的第一冊課本是人手刀尺牛馬羊之類的大方塊字，配上畫得很像很精美的圖畫，大有看圖識字的意思，十二分的有趣味。我很貪玩，我喜歡和小朋友們玩一種遊戲，我們吳語地方話叫：「翻甯甯」（譯成普通話大約是「翻人像」）。玩的方法蠻簡單的，參加的人可多可少，最少兩人玩，開始先把書合上，閉上眼，用手翻到書的某一頁，按頁碼掀開，睜眼數該頁碼上共有幾個人或幾個動物形象，誰的形象多就算贏，多多少個形象就打輸家幾下手心。翻書頁時才是最緊張也是最激動的時刻，真的用自己的手打他人的手心，肉對肉，你疼我疼大家疼也沒多大意思了。我不知道小朋友為什麼喜歡用我的書翻，即使我不參加玩，他們也喜歡擁在我課桌上來玩，所以不到小半個學期，我的書就已經撕邊裂角變得又髒又爛了，再往後開始脫頁了。有一個週日被我爸發現了，問怎麼回事？我如實講，爸聽完後說：「我給你做一冊鐵書，鐵打的書，再也翻不壞了。」我一聽樂壞了，問爸哪天上鎮去找鐵匠？我媽在旁邊聽了笑開了，說：「小平你真傻，鐵打的書你拿得動嗎？」其實，爸是想幫我重新製作一本新書。他拿來畫圖畫用的鉛畫紙，厚厚硬硬的，裁成一張一張和原來書本一樣大，然後按照原課本的內容從第一頁開始，一頁一頁的寫字畫插圖，接著像線裝書一樣用細線繩子穿好繫好，整齊美觀的不得了，比新書還好，也更堅牢，真像鐵打的。我爸是教圖畫的，又寫得一手好字，沒幾天我拿了這本鐵書去上課，小朋友們更喜歡和我玩了，剛開始幾天，大家都很小心，生怕弄髒弄壞，後來又故態復萌，隨心所欲，好在畢竟是鐵書，玩到這學期結束也沒脫頁。我們課間遊戲除了藏貓貓和貓捉老鼠之外，我最喜歡玩玻璃彈子了，玻璃小球在小雜貨店、貨郎擔都有得賣，又很便宜，一分錢一個兩個的，稍微精緻一點的在玻璃球芯裡加入紅的黃的藍的各種顏色，球滾動起來顏色特別活潑靈動好看。玩玻璃彈子遊戲不需要太大的地盤，找一塊大約一米見方的平地就行，在四個角上和正中心各挖一個像小茶碗口那麼大小的圓洞，這就做好了準備，開盤時，從大約三、四米遠的地方劃一根橫直線，隨便幾個小朋友一起玩，從遠處那根橫直線處將玻璃彈子拋滾向中心圓洞，誰最靠近誰就先開始玩，從進中心洞為第一洞，接著按順時針方向進四角的第二、三、四、五洞，誰最先抵達第五洞為優勝者。在進各洞過程中，為保住自己的領先或優勢地位可以以彈子撞擊對方，推向距洞口較遠的地方。因為在地面上玩玻璃彈子小球，所以為貪圖方便，小朋友們往往席地而坐，或滿世界爬來爬去，一場玩下來，手上衣褲上沾滿泥土灰塵，甚至臉面上也乾淨不了啦！鄉下就是土多，一聽上課鈴響，直奔教室，其髒可想而知，不過我們個個都樂在其中，根本不知髒不髒！

大妹不到一歲時，我還有一項特殊任務。我去隔壁教室上課，我媽去田地幹活，大妹就睡在客堂屋的大眠床上，媽媽叮囑我聽到大妹醒來哭了，就去叫媽回家，所以我一邊聽講一邊留心隔壁大妹的動靜。有時課間休息，我輕手輕腳推門進去看看，好幾次看見大妹醒了，睜著眼看蚊帳頂，不哭不鬧，好乖呀！我喜歡抱她，也許抱得太緊，弄疼她的小腿小手了，她常常會哇哇大哭。

在我祖父的私塾裡讀了約二年，由我的遠房堂姐接替教課，也可能正式改叫小學了，我又接著讀了大約一年，沒留下什麼特殊的印象。可就在這當口發生了一件大事：一九四八年寒冬臘月的一天傍晚，我們宅上的人都聚在我家後門口外邊向東瞭望，只見東南方向低空中火光沖天，但聽不見炮火聲，大人們議論紛紛：「青龍港打起來了！」「國軍和新四軍交火啦！」就這樣流彈一南一北對射了不到一個小時，雙方都偃旗息鼓了，變得無聲無息無火光看了，人都散去了。其實是國民黨軍隊吃敗仗，逃跑了。第二天傳來消息證實青龍港解放了！封港了，誰也不能過江去上海啦！又隔一天，從縣城回來的人說城裡都是新四軍佔領了！解放了！不記得從哪一天起，幾乎人人都會唱「解放區的天是明朗的天，解放區的人民好喜歡，民主政府愛人民喲，喲呼嗨嗨咿個喲嗨……」這首響徹雲霄的歡歌，大人們說解放了！我們小孩子們跟著大人們胡喊：「解放了！解放了！」解放是怎麼回事？我們小孩哪明白，也沒想過。

解放了，唱歌，是新鮮事！你唱我唱他唱人人唱！大人小孩都沒命地唱！還有扭秧歌，屁股扭來扭去，一搖一晃隨著腰肢左右有節奏的擺動，成人小孩都有扭的，不過鮮有大姑娘們介入，她們總是躲躲閃閃推推攘攘掩著嘴偷偷笑，也不知道為了什麼。再有時新打腰鼓，好像很專業，經過培訓的，腰鼓隊表演很精彩，動作整齊劃一，紅衫藍褲白毛巾裹頭服飾又統一，鼓聲清脆，十幾面幾十面鼓聲震天價響，引來四方鄉裡百人千人萬人聚攏觀看，好不壯觀熱鬧。不知道這些鼓手是經過政府還是新四軍挑選出來的，他們的腰鼓衣服都是發的，紅男綠女都有。

解放給我一項強烈的記憶是鬥地主！我們村沒有地主分子，所以叫農民村。我們村北隔壁村裡有個叫朱大京的，他家有百十來畝地，土地連成一大片一大片的，被劃定為大地主成分，慘了！鬥爭朱大京，遠近十數里都震動了。一天，在大橋鎮搭棚開鬥。聽鄰居大嬸回來大聲嚷：砰！砰！兩槍就把這狗娘養的撂倒在地，大夥兒一窩蜂擁上去，扒衣的扒衣，脫鞋的脫鞋。聽她說得那麼可怕，我又不知他們扒衣脫鞋幹什麼。原來鄉村裡有些人迷信這衣這鞋能避邪，避什麼邪呢？不全是胡來麼！鄰居大嬸還繪聲繪影描述更有人反覆踩朱大京的肚皮……，更可怕，不敢聽下去，大約比毛澤東在湖南農民運動考察報告裡描寫的場面還要生動和激烈些吧。朱大京家的衣物傢俱先前已全數搜出堆放在宅院場子中央，後來由他們村的村長主持都分光了，只分給他們村的貧苦人家和朱家的長工。朱大京大宅院幾十間房分給十來戶貧農雇農住進去，把朱家地主婆和小姐公子哥兒們統統掃地出門，不明去向也不知所終。

我們農民村似乎還平穩，都是好成分，有上中農、中農、下中農、貧農，沒有雇農，好像也沒有富農，所以沒有印象開過什麼鬥爭會。不過秋天裡的有一天，黃村長通知我們全村村民去曹家宅開會。會前有傳言要鬥爭巫雲齋，為什麼？巫是窮苦人出身，地少得可憐，常去城裡挑腳打短工，忽然說他偷拾人家棉花田地的棉花。到會場一看架勢不對，巫家伯伯被捆綁得嚴嚴實實擲在地上，側身躺在屋中央，閉著眼睛一聲不吭，活像一頭被捆住了待宰的馴服溫順的山羊。開會了，叫他站在地中央，四周圍都是人，村長扯開喉嚨逼他交待偷拾棉花的過程，他就是頂著不吭一聲。後來積極分子領頭喊口號，造聲勢，他也沒反應，依舊低著頭，光頭上正冒大汗。村長威嚇著要把他吊起來！打！積極分子們真的拿出早就預備著的粗麻繩來往大樑上掛，反倒嚇壞了沒見過這種場面的好心的中年婦女們，她們同情雲齋深怕雲齋吃了虧，你一言我一語的勸慰開了，「雲齋，快說呀！」「老巫，說了就沒事了！你說呀！」巫家伯伯就是不吭聲，閉著眼，人群背後，他的妻子癱坐在牆腳旮旯裡哭嚎著冤枉啊冤枉！也沒有人理。這節骨眼上，那粗麻繩真的穿過他被反剪捆綁著的光膀子，他真的被吊了起來，他彎著腰，上身前傾，繩子有些晃蕩，疼得他禁不住蹬腳掙扎，這時有兩個積極分子走上去對他拳打腳踢，還有一人拿木棍舉起來準備揍他，巫家伯伯突然間圓睜雙眼，憤怒大吼：「我沒偷！我沒偷！」這一聲晴天霹靂嚇得這些積極分子們踉蹌向後倒退一步，木棍掉在地上竟不敢去撿。黃村長立時三刻心慌意亂，嚇得面色如土，大概怕真的鬧出人命來不好收場，突然改口宣佈：「放了他！放了他！散會！」

巫雲齋在土改時被評為貧農成分，他還是積極分子呢，僅僅幾個月功夫，怎麼一下子翻臉不認人啦！甘心殘害自己人！恐怕黃村長心裡也難踏實，說不定正在發悚顫抖、忐忑不安呢！

第二部

習相遠

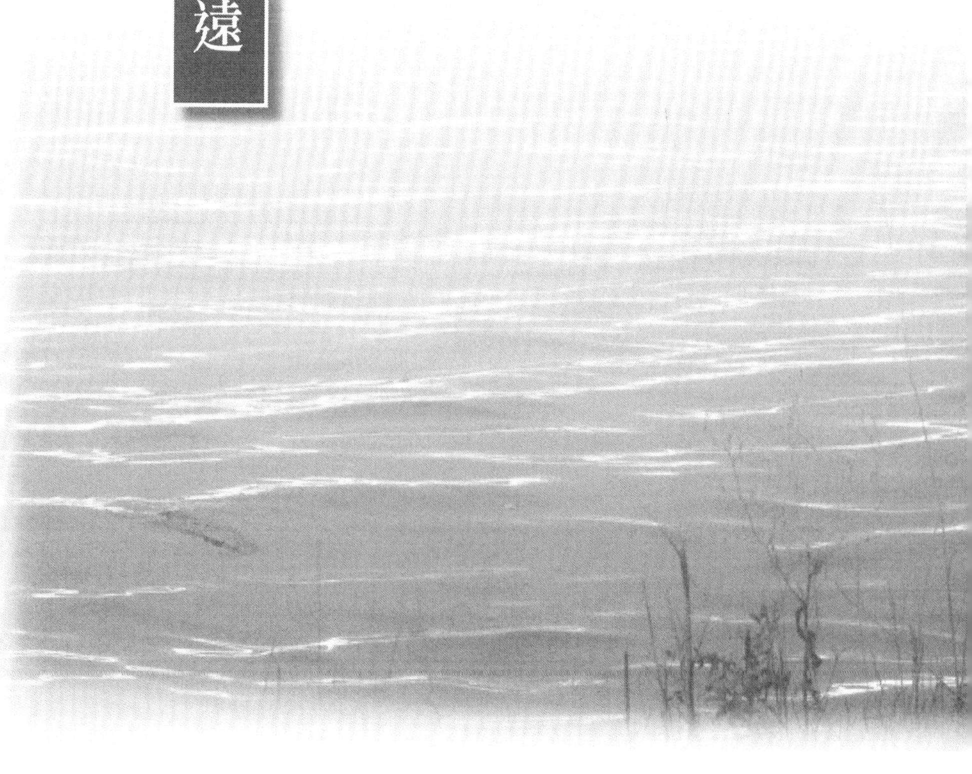

抗日戰爭勝利後不久，我爸爸經人介紹到末代狀元張騫開創的大生第三紡織廠辦的扶海小學任教，教圖畫和手工，那是他的專業，他是一九二八年蘇州美專的第一屆畢業生，校長顏文樑請他留校任教，三年後我祖父死活要他回老家承繼家業被逼回到海門來，一待就是一輩子。爸爸在扶海小學工作沒幾年，海門解放了，把我帶在他身畔，在扶海小學讀書，每週隨爸爸回鄉下家裡一次。大約這年中秋節過後，爸爸白天上課，幾乎每天晚上都要參加學習、開會，我害怕一個人待在房間裡等他，他和校長說了這難處，郭校長准許了，所以我總跟著他，老師和職工開會，我坐在會議室角落裡看書畫小人兒玩，他們說的念的那一套我一點也不懂，實在睏了累了，頂不住就趴在桌子上睡去了。時間長了，我似乎明白一些啦，不知從哪一夜起，老師們不像平日那樣有說有笑了，從我身邊走過不再摸摸我頭，也不像以前那樣和氣逗我玩了，氣氛越來越緊張。有一天終於鬧亂子了，我熟悉的葉志誠老師突然當眾大哭，大聲呼叫：「冤枉啊！冤枉！」但沒有人敢對他表示同情，大家面面相覷，嚇得都默不作聲，摸不著頭腦，不知怎麼回事。原來肅反領導人點他名，嚴厲地指「葉志誠是暗藏下來的國民黨！是反革命分子！」這還了得，眼看就要被揪出來批鬥了！肅反領導人又宣佈了：「從今天晚上開始，你們人人都開始寫向黨交心材料，把自己過去幾十年裡做過的壞事統統寫出來，說過和做過哪些對不起我們黨對不起人民的話和事一樁樁一件件向黨交代出來，不得有絲毫隱瞞遺漏。你把心交給黨，黨就相信你重用你，否則，你有隱瞞，說明你和黨兩條心，一經查出，後果自負！跟今天葉志誠一樣的下場！」原來打擊葉志誠，殺一儆百，宰雞給猴看，猴子通人性，乖巧就縛，自投羅網，何況思維發達如人類，又經過了這一段學習洗腦。自那晚以後，會場裡鴉雀無聲，只聽鋼筆尖磨擦紙張的沙——沙——沙聲不絕，間或有沉重的咳嗽聲，再有就是重複第一天的訓話聲，因為實在太安靜空氣太凝重也太沉寂太鬱悶了，我倒容易老早就跑進夢鄉去了，所以直到爸爸拍拍我肩膀叫醒我時，我還是迷迷糊糊睜不開眼，只牽著他手跟他走回宿舍。向黨交心運動搞了幾個月，黨領導收到每個老師和職工自我懺悔的白紙黑字材料幾大摞，這些自動交代材料沒幾年到了一九五七年反右派運動，以及後來的文化大革命運動中都派上了用場，而在當初這時節，一般普通人如扶海小學的教職員工們是怎麼也不會料想得到的，黨利用造反派將這些磚頭砸爛反動學術權威、反黨反社會主義反革命分子的狗頭了。那位葉老師呢？傳說他沒過幾天從學校向南走了五里地，一直沒回頭，自己把自己沉沒入到長江水底裡餵魚餵蟹去了，也不曉得他為什麼還在狂風怒吼、瀑雨瓢潑、伸手不見五指的七月初一日的夜半時分。他的家人都害怕到不敢向學校向當局查詢葉老師的下落，更不用說那一般的親友和同事了，那個時期誰敢過問誰就罪同同黨、反革命分子！葉老師從那個時辰失蹤了，直至今日沒有人能確切說出他究竟在哪兒，他又是怎麼離開這可憐的人世的。倘若葉老師隱匿著仍苟活在這人世間某地的話，我猜想他也應該已過百歲了。

在扶海小學讀書期間，還有兩件事總留在我記憶裡。一是大生三廠大門口那座大石橋，兩邊高高的漢白玉石欄杆和雕刻精美卷草紋及小白兔的石質護板，令我觀賞不止，當年還沒有城管一類人阻檔，我任意撫摸它，撫摸的感覺，所得的印象特別深邃，相比單純觀賞所得的視覺印象有相當的不同，我長大以後到過京城，見了清宮外的金水橋也摸過最正中那座橋的欄杆和護板，竟沒有什麼特殊的感覺，其印象大不如幼年所得大生三廠大門口那座橋那麼深刻和親切。可惜五十年後我再去尋訪她時，她已被所謂改造舊城工程掃蕩了，已夷為平地，成了泥濘馬路的一部分。幼年時代記得的大石橋北堍頭聳立一座大鐘樓，五層樓高，現今猶存，唯蒼老些，又無人清洗，只靠天洗，斑斑剝剝，顯得髒兮兮的，倒更近似於古物了。據說這大鐘的分針就有一人來長，表面大得像個龐然大物，每到正點時分就敲響鐘聲，三、五里路外的人家都聽得見，不少散居的紡織女工沒有錶，專聽它報時上班下班，也真堪稱為永久性的標誌性建築物啦。那個年頭，大石橋南堍頭一派繁榮景象，欄杆兩旁擺滿了熟食小吃攤子，大約是供紡織女工上下班時先填填肚子，俗稱充饑用的。最誘惑我的是熟雞蛋熟鴨蛋，分淡味的微鹹的和鹹的三種，紅殼的雞蛋和白殼、青殼的鴨蛋滿滿當當的碼放在竹編的籃頭裡或筐子裡，一字兒排開好誘人啊！藍印花布頭巾隨了招呼顧客和介紹產品的動作輕輕擺動搖晃更渲染著活躍歡樂的氣氛，好一幅當代《清明上河圖》風俗畫卷。買了幾次之後，我已比較出青殼的鴨蛋滋味比泛白殼的要好，鮮潔純正，而且蛋黃的顏色也更顯紅得鮮豔可愛，流油了。快到立夏節，降價了，貪便宜，我多買了幾顆，放在抽屜裡，有一顆滾到抽屜裡邊去成了漏網之魚，忘了吃，隔了一段時間臭了，我爸問我你的鴨蛋壞了？我打開抽屜徹底搜尋才發現一隻臭鴨蛋躲在最裡面角落裡悶聲放臭屁。自這事件發生後我戒吃鴨蛋整整一個月，不去廠門口，眼不見嘴不饞。

第二件給我深刻記憶的事是去公共浴室洗澡。有一天放學後，工友張師傅帶我去大生三廠內的浴室洗澡，走過賣蛋的一大串攤子，逕直到廠門口，他和門衛很稔熟，點點頭我們就進去了，問也沒問一句。走進浴室，裡面熱氣騰騰，霧濛濛，模模糊糊看見一個個脫精光的人或在霧中穿行，或立在蓮篷頭底下各忙各的，還有一些人在泡湯大聲閒聊……在裡面待一會兒看人像才漸漸清晰起來，我發覺他們的下身在那三角洲地帶都長著一叢黑乎乎或多或少或濃或淡或長或短的茅草，隱隱約約還掛著一顆手榴彈一樣的皮囊晃來晃去，我害羞得不敢正眼看。聽見張師傅催促我趕緊脫衣服，他接過我的衣服放到一個櫃箱裡，拉著我往裡走，他一伸腿跨進蒸氣騰騰的熱水池裡泡浴，我嚇得往後縮，站到一個灑水龍頭下，那股溫水沖下來，也蠻厲害，好像要憋得令我透不過氣來，我驚叫一聲，逃開來，張師傅趕緊跑過來把水量調小些溫和些，我才適應了。這次洗澡一點也不開心，嚇得我心砰砰跳，剛離廠門口，我對張師傅說以後再不跟你來了，他回答我：「不會的，一回生二回熟，慢慢你會習慣的，我們再來洗。」我心想才不來呢。心裡還在犯嘀咕這些人怎麼長那麼多黑毛，多可怕！這個問題一直困擾了我好多年，也不敢問誰，直到初中物理學老師在講到物體摩擦力時才讓我稍微有一點理論認識，他舉了其他幾種物體摩擦例子之後，又附帶提到我們身上如腋窩的毛、陰部的毛都起到減少摩擦力一句話，並未深說，點到為止。腋窩毛的作用容易理解，而陰毛用滾動摩擦減低特殊動作情形下的作用，老師也許覺得不便講，所以真正的明白延遲到我有了性經驗之後才悟出。

扶海小學給了我人生初期許多萌發遐想的機會，可惜時間不長，我回鄉下家裡休息，不上學了。因為我得了腳氣病，嚴重到一雙腳痛到不能著地走路，左右兩腳每個趾縫都化膿連成一片。起因是我自己不好，下雨天，爸為我買了雙半高筒雨靴，橡膠的，不透氣，我喜歡得不得了，雨天穿，有時晴天也穿，時間長了不得了咯，腳趾受不了濕氣發炎症，俗稱香港腳。起初還不敢告訴我爸，硬撐著，直到了一發不可收拾的地步，所以只好輟學回到家裡媽媽身畔。鄉下都是泥土路，一著地仍是痛不可耐，不可思議的是光腳板子學著輕輕踩地是最妙的自然療法，慢慢在陽光照射下的沙土地上杵一個枴棒走，不出一個月，病痛全除，比沒得腳氣病之前還好，此話從何講起？因為從此之後，我取得了終生免疫力，再也不會重患腳氣毛病了。

再上學就到離家只三里路遙的蕨修小學去讀，多優雅自然可愛的鄉村學校校名啊！可見得校長朱鼎豐的苦衷和對小孩子的殷切期望有多深。去蕨修小學的半路上橫了一條大河，上面架一座雙孔木橋，也有一個可愛的名字，叫瑞草橋。可是它又長又窄又高，過橋時小心翼翼，生怕一滑腳就摔下河去，碰到雨天，打著紅棕色漆布雨傘更是驚恐萬狀，猶如上刀山、下火海、進油鍋一般受煎熬，所以碰到大風大雨天就自動放學。我親眼見過一位婆婆，也許只有四、五十歲的婦人，不敢走，只好匍伏著爬過橋去的。我的一位堂姐比我大三歲，也在蕨修小學校讀書，我時常跟她作伴上下學，讓我媽放心多了。這位堂姐比我早去蕨修小學讀書大約兩年，所以不同年級的同學她熟識的多，我去時她正和朱吉人鬧戀愛，朱吉人是校長朱鼎豐的乾兒子，一百米四百米短跑健將，全校比賽總拿第一名。有一回他偷偷告訴我他跑得那麼快的秘訣，跑到轉彎處用大勁摔右胳膊很容易超過其他選手，我後來試過他的說法果然有三分道理，的確能加速。再說我堂姐和他都是小小年紀懂個啥，有什麼結果，也許誰也沒想求什麼結果，用當下的話講，就是這麼個初戀過程唄！朱時常送她小吃小玩意兒，有時還繞遠路陪伴她回家，她愛理不理的，不屑一顧似的，架不住朱鍥而不捨的進攻，慢慢地似乎也有些意思了，我見過他們倆手牽手來著的，他們大概因為看我年少不懂事，所以一般都不迴避我，我也是似懂非懂地旁觀而已。堂姐有時跟我說朱很討厭一類的話，大約我是她唯一可以訴說的對象吧。讀蕨修小學不到一年，我轉學去縣城讀書，不知道堂姐這場初戀怎麼結束的。過了好多年，堂姐三十來歲時，有一回我們見面時，她沒頭沒腦地對我說：「朱吉人死了。」

我問：「什麼病？」

「說是心臟病突發。」

「你聽誰說的？」

「上次陳再道出差來蚌埠時告訴我的。」這時我發現堂姐的臉頰上掛著兩顆淚珠，可見她心裡還是有他。朱吉人，本姓顧，獨生子，他父親是個鄉村醫生，也許已察覺他的獨子有心臟病，怕養不好命不長久，所以過繼給朱校長，鄉村人相信用改姓能排除大難的傳說。朱吉人或顧吉人卻仍未逃過大劫難的事實，人們自會給出圓滿的解釋，也許僅是這回不靈驗，一個例外麼；也許他們心還不夠誠而不靈驗，反正都有個排解的說法來撫慰那脆弱又企盼的心靈，因此這種那種傳說能夠繼續一代一代傳下來，不會因為一個兩個例外就斷絕不傳了。一種傳說既然開始活在人們口頭上了，哪能想把它殺絕了，就絕了呢？可難著吶，幾乎辦不到。傳說就是傳說麼，似是而非，朦朦朧朧，人們本來就想在這個氛圍裡暫時忘卻嚴酷的現實，去盡情享受明知並不怎麼靠得住、甚至甘願被欺騙的那種特殊感覺，由此種種傳說的生命力真是旺盛到不可思議的地步。

我去縣城讀錫類小學，它有高中部初中部和小學部，從小學一年級開始讀一連十二年才能全部念完。當時在海門算是師資力量最強、設施最完善的一所教會學校，它有全海門第一棟四層樓洋房作教室，四四方方座落在學校運動場的北端，海門人從前沒見過鋼筋水泥的建築物，這是第一遭，開眼了。校園南隔壁是一座天主教堂，聖母懷抱著聖子從正前方俯視著信徒們，看上去她雖高高在上又似乎很和和氣氣，充滿著愛意。晨起，早春熙和的陽光穿透過五顏六色的花玻璃灑進教堂，一根根斜斜的並行光柱裡少許微塵在翻滾玩耍，神父修女相公們正跪著做早彌撒，搖鈴誦經向天父祈禱，感謝主賜福於他們，迎來新的一天。教堂後面是一所教會辦的洋醫院。教堂、學校和醫院三位一體構建了西方天主教文明侵入或稱滲透或傳佈到東方社會中國這塊地方來的基本範式，連海門這塊彈丸之地也沾上聖光了，真可謂無孔不入啦！當然比起從古印度送來的佛教大約晚了二千年，天主教東漸的歷史尚短，與佛教東漸的歷史相較，的確太年輕了。佛教經過代代大和尚祖師們和儒家名士的揉合已經名正言順地紮根於東土，本土化了，中國人幾乎自認大乘佛教如己出，何況古印度的真傳佛教在今日的印度已經絕跡，無人相傳，雖然還有一處處古寺遺塔、萬千佛菩薩雕像可供瞻仰遐想。當年莊嚴的道場淪落為今人遊玩取樂賺錢的工具，出人意料之外，可是未逃出佛祖釋迦牟尼法眼，他生前預言今天已進入末法時期，人心之壞之惡，無已復加，誠實信佛行佛之人少之又少。五十年代初中國大地發生驟變，天主教堂被關閉，神職人員中的主教被指控犯虐殺嬰兒之滅絕人道大罪，據當時報章披露許許多多天主堂內都有一所收留棄兒的育嬰堂，名義上是做善事，實際上是大陰謀，嬰兒養胖養肥之後他們把嬰兒殺了，取出心肝烹炒油炸統統吃進肚子去，補養他們原已肥頭大耳的洋鬼子身軀，是孰忍還是孰不可忍？理當把這些洋妖魔抓起來統統斃了，可是不知出於什麼原因，政府對洋鬼子還不得不刀下留情，不得已只好將他們先關押起來，找個時機驅逐出境了之。洋醫院被接收過來改為給人民看病的醫院，正式命名為動聽的人民醫院，體現救死扶傷、全心全意為人民服務的高尚道德精神。稍為難辦的是學校，遂採用逐步分化瓦解治之，先從教員著手，查出有反革命歷史的人絕不手軟，該抓該法辦的一個不漏，當然錯抓錯法辦了的總會有，但總是少數，大方向又總是對的吧。再說了，革命不是請客吃飯，不能講什麼溫良恭儉讓那一套假道學，總之一句話，革命麼，總有點兒犧牲。所以弄得錫類學校教員人人惶恐不安，經過甄別確實不錯的教員調入新辦的公立海門中學，錫類學校不言自倒，自動淪為二、三流學校，元氣已傷，一厥不振，自生自滅。我誤打誤撞進去讀五年級時，已快到傷筋動骨之際，那時候哪兒知道底細，斷沒有現下的我這個事後諸葛亮一般好像知這知那的事事通，那時確是個地地道道糊里糊塗不折不扣的糊塗蟲。糊塗蟲自有糊塗蟲的樂趣，城裡可玩的新鮮玩意兒新花樣可多了，絕非鄉村小學可以比擬的。錫類小學大門口八字叉開的水泥平地上就鋪開賣小吃的攤販，什麼粽子三角糖、抽獎棒糖、芝麻牛皮糖、香瓜子、炒花生和花生米……應有盡有。還有玩遊戲的轉盤，打彈簧彈子盤，我玩轉盤的次數多，因為收的錢少。大轉盤直徑約有三尺長，從圓心畫三十來條向外的放射線，有寬有窄，寬條上多數是空門，什麼也得不到，稍窄一點的放一塊小糖塊或簡單的小玩意兒，最精彩的獎品放在最窄最窄的窄條上，如泥塑男子打腰鼓人型、搖頭小狗小貓小獅子等等，顏色染得很豔麗。

在圓盤中心點豎立一根堅實的圓木棍，頂端置一根小橫木條，橫木條一端下垂一條細紗線繩拖一根針，當你推動橫木條時，下垂的線繩帶動針一起轉，當轉動停止下來時查看針尖在大轉盤上指到何處，如在空門則一無所獲，如在窄條總有所獲。每轉一次先付兩分錢，男生玩得多，原始賭徒心理因素作祟，往往轉了一次空檔，再掏出兩分錢再轉一回，培植不服輸企圖翻本的觀念。上學早到幾分鐘，我必定圍觀一番，為朋友得而喜，失而歎。攤主是個留著白山羊鬍子的老先生，他講話少，也不太好懂，有一回和王小勤小朋友爭論，喊得聲音雖高，我一句話也聽不懂，但爭論的焦點誰都明白，老先生說針尖沒在窄條裡，小朋友說就在窄條上，針尖又小又尖正好在邊界上，說在就在，說不在就不在，公說公有理，婆說婆有理，隨便說那邊贏都沒錯。我們一幫小朋友天生站在朋友一邊也就是顧客一邊，幫朋友起鬨說話，終於贏了這糾紛，王小勤抱回一匹彩描大泥獅子。這之後好些天不見老先生平素笑眯眯誘人的樣子，氣呼呼地把鬍子翹得老高老高的，少做了好多生意。我也喜歡玩，得空門和小糖塊的時候多，有一回運氣來了，那是個星期六的下午，下課後，我拿了這週最後二分零花錢去玩轉盤，我用勁推轉橫木條，呼——呼——呼飛快地轉，也不知轉了幾圈，速度才慢慢減下來，眼看著針尖過了寬條窄條又寬條寬條，終於停住了，停在一條極窄極窄的窄條正中央，一動不動，沒法爭議，老先生心悅誠服地捧起一尊打腰鼓泥塑像送到我手中，還好心叮囑我一句：「拿好，小心摔了。」男子打腰鼓，解放初期最時髦玩意兒，小夥子頭戴白毛巾，身穿紅背心白長褲，腳蹬小圓口黑幫布底鞋，他的臉龐上鑲嵌一雙雄眉大眼和肥厚的嘴唇，口紅把嘴唇塗得濃濃的，真不知為什麼男人也塗口紅？就這麼一點不好。這獎品著著實實讓我高興了好些天，先是放在我做功課的書桌上天天看時時看，並與我姐姐哥哥分享，後來拿回家給爸爸媽媽看，再後來送給我媽放在她的梳粧檯上，收藏了。

我跟姐姐哥哥都在縣城就讀，姐姐讀高三，哥哥讀高二，我讀高小五年級，爸爸媽媽為了我們讀好書，不惜節衣縮食每月付價格不貲的房租，在城裡租房住，開初租的住房就在學校大門對面河東圍牆大院裡，名叫陸蘭圃。蘭圃是個多麼優雅瀟灑又富有詩意的名字呀！這大院一進一進房子挺整齊清潔，房東是個人稱二媽媽的高個子，臘黃的臉頰上長了好多粗點子雀斑，五十開外的寡婦，有時為拖欠房租就和房客爭吵，很兇很兇。我們守規矩按時交租，所以從未和我姐爭吵過，但我仍有點怕她，她兇狠起來臉上立起橫肉，眼神也不溫和，不像平日裡笑眯眯的了，嘴很會說，並且速度特別快。有一家姓徐的房客，也租二媽媽的房住，在後進的正房西頭，男人好像做肉莊生意，女人也蠻壯實的，有一回同二媽媽爭執，吵兇了，男人竟操起一把肉莊裡用的板斧往桌面上一拍，恐怖極啦！雙手叉腰，喝問二媽媽什麼什麼的！女的穿著無袖短衫指手劃腳、呼天喊地，大院天井裡擠了許多人圍觀，一聲不吭不笑，活像觀一齣嚴肅戲劇，十分的聚精會神。只見二媽媽吵架的氣焰頭一回發揮不好，被壓下去了。聽不清她叫喊什麼，只見她邊喊邊後退，站住了喊幾聲再往後退，一無進攻還手之力，悻悻然敗下陣來，最後龜縮到她自己的住房裡去了。不過這回窮兇極惡的吵架之後不到一個月光景，徐家從大院搬走了，又回復了原先的狀態，都是二媽媽的天下。

不久，我們搬到新地方住，在豎河西，名大德，也是個很好聽又覺溫厚敦實的名字。大德醬園是房東的生意，前邊店面，店面左邊搭一扇竹籬笆門，沿著曲曲彎彎的石板地通向後院，進入後院別有洞天，真是另一番景象。偌大的一個天井全鋪著大青磚，正房九根檁條的大屋，寬闊的廊廈可以放一張八仙桌和幾把椅子，炎夏天走進去都很涼爽可親。據說房主人在上海灘做生意，我從沒見過。現下住正房的是房東的老父母，有六、七十歲樣子，講一口如東地方話，我一句也聽不懂，如東離海門不過五十來里路，說的全像外國話，「什尼搞子」是他們常常掛在嘴邊的一句話，我不知是什麼意思。好在這對老夫婦有一個小外孫，叫嚕嚕，比我長一歲，同在錫類小學讀書，我們玩得到一起，大家不寂寞，經常早上一同上學，下午放學一起回家。我跟嚕嚕熟了，有一次放學回家剛進大院，就聽他外公大聲喊「什尼搞子」？我忍不住問嚕嚕，「你外公說什麼？」嚕嚕告訴我就是「什麼東西？」的意思。他又解釋說如東土話，好硬氣，不好聽。平日裡，他和外公外婆也講如東話，二老聽海門話不習慣，雖說能懂，但不會講，所以照舊講如東話方便。他們屋內供一尊釋迦牟尼佛像，天天燃香，早上一支晚上一支，老太太還常常敲木魚念佛號阿彌陀佛，隨著木魚聲不斷地唸唸唸。她有時誦經文，當然我一句也不明白。每逢初一、十五，香火旺，整日燃香之外，還點燃一對大紅蠟燭，又高又粗，火苗竄得老高，不停地閃動，房子裡煙霧繚繞，氣味濃烈，在院子裡都能聞到。有時出於好奇心，我輕手輕腳走近些觀望，老爺爺老奶奶並肩坐在蒲團上念經，或者一下又一下跪拜禮佛。農曆四月初八日佛祖釋迦牟尼生日，那夜上弦月兒尚明亮，月色皎潔如清水一般，老倆口在廊廈裡放一張供桌，燃香點燭，還供幾盤水果和乾果，可惜沒有鮮花，他們面對月兒雙膝跪在蒲團上，拜了又拜，唸了又唸，跪拜和念誦交替進行，足足禮拜了兩個多鐘點，十二分的隆重和虔誠。在拜佛時刻，嚕嚕躲在房間裡不敢出大聲，也不敢走進走出打擾的。

到了初冬時節，嚕嚕的外公在外褲外面加一條皮套褲，坐在廊下曬太陽。我們海門人不穿那東西，從未見過，我很好奇，仔細觀察皮套褲構造確實奇特，從一條正常的褲子上把屁股那部分整整齊齊挖掉，剩下腰和褲管，材料是羊皮的，染成黑色套在外褲外面，保暖那是一定的，怎麼唯獨不管臀部冷不冷？這是哪門子理論。成人後只聽說男人陽根部位不要過熱，過熱不利於精子生長成活，所以據說日本人洗浴後必用冷水沖下腹部，以強健男根。皮套褲為何單單把屁股排斥在外？也許與用冷水沖下腹部出於同一道理，也未可知。當年我問過嚕嚕，他也說不曉得為什麼如此裁剪。

這院子裡其他幾家也都是房客，對門住的一家四口之家，小孩還小，一個在學走路，大一點的那個大約還未上小學，女人在家帶孩子，男人患肺病，他們夫妻倆都很安靜文雅的，面色白白的似病態。夏天在庭院裡晚餐，女的一直為她丈夫多準備一碟番茄醮白糖涼菜，據說那是專為補養肺病患者體質的，也不知真假，有無效果？那年月人們不時興吃涼拌菜，稱西紅柿為番茄，「番茄」這名稱還夾著濃厚的外來意味。一小白碟裡裝西洋紅色的番茄，在上面撒少許冰雪白糖粒兒，不說吃，就瞧瞧那白——紅——白的顏色搭配得那麼可愛可親，已不由得垂涎三尺啦！正房的一間耳房租給朱家三姐妹住，她們也是從鄉下來縣城讀書的。我們姐弟三人住南廂房，外帶一間竈間，一付磚砌土竈，燒柴禾，兩口大鍋，一口直徑一尺八寸，另一口小些，一尺六寸，一家一口鍋，兩家很默切，如果一家不在用竈頭，這口鍋就自動出借給另一家使用，並不需要臨時打招呼的，可見相處得相當和諧友好。

我們房後有一棵桂花樹，總在十年以上樹齡了，正是青春煥發期，不用施肥，每值初秋降臨，密密麻麻金黃色的小五瓣花形滿佈在肥厚墨綠色葉叢之中，花的香氣文靜幽雅，沁人心肺，煞是可愛。她是我聞到的花香中最可愛也是最難忘的一種，以後長大了，走南闖北不論走到哪兒，一聞到桂花香味不由得令我心醉，有一陣子還特意買來桂花陳釀喝一盅，還有一回在一家茶葉店裡發現出售乾桂花，買二兩回家，拿出來聞聞，雖說是桂花香味，但同我幼年聞的房後那棵桂花樹上的桂花香味真是相去十萬八千里，那個清純那個新鮮勁兒永遠回不來了。

再說那個時候的房屋設計也挺有意思的，在我們窗前屋簷下置兩個大水缸，高與我胸部相齊，用來盛接雨水，長年累積，裡面長了許許多多孑孓蟲，當然沒有人敢飲用，天熱時用來潑潑院子倒挺好，也有說屯水是為救火急用的，反正我們租住時沒碰上火災，沒派上用場，其實照我胡思亂想的話栽兩大盆荷花該有多好多美，也符合嚕嚕外公外婆信佛的意願啊！可惜當時我怎麼愚笨到這地步竟不提出來試試呢！最不可思議的要算廁所了，設在西南小角門外院牆邊的一間獨立小屋，這小屋東西北三面磚牆，南牆敞開著，算作大門了，屋頂作人字坡，鋪青色瓦片擋風擋雨擋霜雪。早年女人家們用馬桶出恭，後來社會風氣轉變了，大白天不少女子也慢慢改用廁所，大約是從學校、教會等公共場所薰染過來的。而男子無論白天黑夜風天雨天都用這廁所，從小角門奔向廁所總有十五米之遙，有時實在內急，就在半路上靠近牆跟前解決了事，那都是我們小男孩愛幹的勾當，有時幾人集體幹，人多勢眾，無所懼怕；一人幹，不免還有些羞羞答答，怕被人看見不好意思，尤其是女孩兒。最惱人的是冬天的夜晚，又冷又黑，風聲颼颼響，害怕有鬼，所以每到晚自修結束臨上床睡眠時，姐姐總要哥哥陪我一起結伴上廁所，手持一支蠟燭，燭光忽悠忽悠的在前引導，急急忙忙辦完事往回小跑，心裡總怕小鬼跟蹤在後面搗亂，前腳剛跨進角門，順手趕緊把門用勁砰的一聲帶上，儼然似一場戰鬥。有一回真的出事了，我小便還沒完結，忽見西面天空一忽閃，火燒天一大片，紅通通緊貼地面自北向南漫延過來，來勢兇猛迅速，嚇得我驚叫一聲，沒命奔逃，哥哥也驚慌失措，為我斷後，緊緊關上角門，閂上閂，才驚醒過來，定了定神，跑回房間向姐姐報告剛才驚險的一幕。姐姐問：「多遠？」「三十來米。」我答。姐姐一邊安慰我們不要害怕，並解釋磷火燃燒是自然現象，沒有什麼可以大驚小怪的。她還跟哥討論那片荒地裡怎麼會發生這現象的呢？其實她心裡也不踏實，故作鎮靜而已，不好意思和我們一起慌亂，假充大人架勢。最後她允許我晚間暫借馬桶使用作為臨時措施。過了三天，也有人說見到鬼火燒一大片，又傳說這大院西邊一片荒地原是亂墳場，窮人家的人走了，無處安葬就往這裡一埋，也有人說槍斃犯人的場所就在這附近，沒人收屍入殮，豈不成了孤墳野鬼出沒的亂墳崗？又有人說只需看看這些茅草堆，孤零零的黃黃的正是野狐狸黃鼠狼最佳出沒處，亂墳崗裡怪事多唄！據說後來一些有心人燒了好些紙錢，許了許許多多願，說了許許多多安撫的善言，總算擺平了那些冤鬼靈魂，不再出來騷擾人間了。時間一長，鬧鬼的印蹤從我腦中溜走了，又不怕晚間出西角門上廁所了。

我姐姐的同班同學經常來看我們，聊天玩兒，有個叫朱道萍的女孩，瓜子臉，白皙的皮膚，拖一根還是兩根油光鋥亮的大辮子，我記不清了。她家住野貓洞附近，好古怪的名字。她穿過野貓洞旁邊的大石橋，沿大儲站河西向南走約一里半路就到我們這裡了。她不常常空手來，手裡總拎一包茶點，什麼芝麻餅豆沙餅花生糖長脆餅等等，打開紙包攤在餐桌上，泡壺茶就邊喝邊吃邊聊，我不管也不明白她和我姐這些女生們談些什麼，常常看她們笑得前仰後翻，我只管我吃我喝，我最喜歡芝麻小餅，它圓圓的像銅板那麼大小，薄薄的兩面蘸滿了白芝麻，一口一個，一入口頓覺香酥

今天依舊的鄉村廁所，磚牆瓦頂，蠻像模像樣的。前有蘆葦桿編織成的籬笆遮蔽，還植一株四季常綠的冬青樹，很雅緻。這廁所分兩間，每間有一架不足十公分寬的木條座，前有擋尿板，下有木踏板，這副木座架在一個大口徑陶器缸口上，缸身埋入地裡，缸口正好與地面取平。男人女人甚至少男少女都坐在上面解手，想想蠻玄的，城市中人都不敢冒險，但我從沒聽聞過有誰墮入茅坑裡去的。兩間分隔的豎板面上開一小洞，通常放手紙，方便兩邊的人取用。最原始的時候，或沒錢買手紙的農家，在洞裡放一些約八、九公分長的蘆葦片，替代手紙的功能。還有，一邊如廁一邊聊家常的情形很普遍，而且常常音量也不小，猶如聽收音機的廣播小品。廁所的背後是一座現代豪華的鄉村別墅建築。（2009年春季攝）

可口，似化了一般，禁不住吃了一個又要再吃一個，真叫美不勝收啊！長脆餅也是又香又爽口，一股桂花香氣撲鼻，忽然讓我聯想到我們房後的那棵桂花樹來，我曾經不止一次一個人偷偷爬上樹去撫摸它壯實的主幹和秀麗的枝條，最近距離親近它的花香氣味，美妙至極，真無法用言語言說！有一回朱小姐來了不久，接著來了方問陶，後面還有鄒行芳、苗志琴、向秀英、阮群等一大群青年男女，都是姐姐的同學，嘰嘰喳喳笑聲連連，家裡頓時熱鬧非常。朱小姐湊過來，附著我耳邊低聲問我，願不願意幫她辦件事？我回答：「行。什麼事？你說。」她要我去她家取一大包茶食來供大夥兒吃。我說聲好，拔腿就往外跑。不一會兒就看到她家店面了，座西面東，「朱協和茶食店」六字大招牌，黑底金字，閃閃發亮。這兒是最繁華熱鬧的市中心，相當於上海南京路，北京王府井，蘇州觀前街，汴梁虹橋，好一派繁榮昌盛景象，朱家茶食店面對南北流向的大儲站河，河上一座雙欄杆石質橋，橋東堍頭俗稱野貓洞，洞前街面兩邊店鋪林立，一家挨一家，這裡南北雜貨，充足富裕，一個個貨架擺得滿滿當當的，街上行人，喧擁闐咽，興旺非凡。我趕到朱協和已是即將日落的傍晚時分，茶食店三兩夥計站在櫃檯後面望街，不忙碌。見我急衝衝走進店門，一位夥計忙問：

「小朋友買些什麼？」

我卻說：「不買什麼，朱姐姐在我家，叫我來取些茶食回去。」

「小朋友，你姓啥？」

「姓倪，我姐姐和朱姐姐是好同學好朋友。」

他們幾個聽我這一解釋，都熱絡地簇擁過來說這說那：「噢，派你來跑腿？」「又來同學聚會了吧？」「多給包點，多給包點。」就這樣七手八腳一會兒包了兩大包茶食交到我手裡，還反覆叮嚀我：「小心拿著，別撒了！」

我抱著它們一溜小跑回到家，他們都已翹首以待了，怎麼問我去了那麼長時間，生怕我路上出了什麼事。我壯大膽子說：「怎麼可能呢！」一邊說一邊已打開紙包攤滿了一桌子茶食小點心，一個個搶著往嘴裡塞，一時間沒人說話，只聽見嘴裡咔嚓咔嚓雜亂無章的響聲，大家不約而同地抿攏嘴你看我我看你，大眼瞪小眼，小眼瞪大眼，爆發出轟的一陣笑來，笑得突然笑得捧腹，有兩人嗆得咳嗽連連不止，彎著腰離開了座位！

小學五年級的算術課講雞兔同籠應用題，雞二隻腳兔四隻腳，題目繞著二隻腳和四隻腳的數目去演算出雞和兔們的只數，我被纏七纏八的數字和繞口令一般的問題繞得暈頭轉向，總是算不出一個正確答案來。心煩得要命，怎麼也不想再待在錫類讀下去而轉學到實驗小學。實驗小學就在錫類小學北邊大約一里路光景，是新政府辦的重點小學，校址還在原先的城隍廟，巨大的彩繪描金神祇通通被砸爛後清走，我去讀書時僅存大殿的形跡，兩人合圍抱不了的粗大柱子留給我十分深刻的記憶；庭院裡還有兩株銀杏樹，高聳雲霄，也不知道有上千年或幾百歲高齡，它的樹皮又厚又硬，裂縫一道又一道都成了深深的溝壑，我常常用食指順著溝紋遊走上下，我喜歡它的粗糙與堅硬，有時會割破我手指皮膚，流一點血，我也滿不在乎的繼續玩，順著溝紋遊走撫摸它親近它，有一種不可言喻的特殊經驗和感受。站在樹蔭下抬頭向上望去，它那茂密的枝杈和葉片層層疊疊，根本看不清它的頂端在哪，究竟有多高，從繁盛的樹葉縫隙中看見湛藍色的天空，我就想像它和天一樣高；它的葉片肥而厚，形狀像一種海中貝殼，上面刻劃著一條條柔和而勻稱的對稱線條，從側面看好像豎琴的琴弦一樣優美。深秋時節，它的果子熟了，俗稱白果，我和小朋友們繞著樹幹四周低頭尋找白果，它的外殼堅硬異常，從那麼高處掉下來都不會砸碎，一蹦一跳加一滾，往往會蹦到離樹幹好遠的地方，只要用心去尋找總有所獲。約莫五十年後，我回故鄉以解思念之渴，一天早晨獨自一人去找實驗小學，早先我已聽說實驗小學不存在了，都是為改造舊城的原故，所以我有思想準備慢慢仔細尋找路徑。當我走到估計城西北角時就停停看看走走，總想從陌生的街道上、殘存的舊建築上找出一丁點兒蛛絲馬跡，以印證或勾起我舊時的記憶。我看見一位自行車修理工人正在街旁人行道上給車胎打氣，我走上一步向他打聽，他放下氣筒哈哈笑道：「實驗小學沒有了好些年了，原址麼應該就在街對面。」他用右手向那邊指了指。

我順他手指方向看去，問：「就是那醬油廠的位置？」

「對啊！改過幾回了，再早是屠宰場，殺豬的。」

「屠宰場，殺豬？」我很吃驚。

「是啊！你奇怪？」他滿不在乎地問。

「不，不，也不是啦！只是我有些不敢相信，原先不是城隍廟嗎？把神祇請走改為學校好像還說得過去，變成屠宰場殺豬太離譜了。」

「嗨，這不算什麼！佛廟、關帝廟還不照樣拆照樣打，都是些老早以前的事了。」看我還傻乎乎盯著醬油廠看個究竟，他反問我：「你是幹什麼的？」

我不該惹他提高警覺，趕緊告訴他：「噢，我早年在實驗小學讀過書，今次回家來隨便看看。」

「好哇！我們還是校友呢！不過我比你可能晚好幾屆啦！」

閒話之間，我們感覺親近了許多，我又問：「那兩株大銀杏樹呢？」

「砍了！」

「砍了？」

「是啊。那還怎麼啦？政府要改造舊街道，建設新海門。一聲令下，誰敢不聽號令？」

「真可惜，這成雙成對的夫妻樹，真的都被砍了？造孽障啊！」

「可不是麼！跟你說吧，砍樹真難著吶！鋸子鋸左邊那棵雌的還不特別難，木質比較鬆，只斷了一根鋼鋸條，可雄的那棵就不簡單了，且不說斷了兩根新鋼鋸條，也不說傷了一個工人的腳，你知道怎麼啦？鋸到樹心，年輪最裡面中心點，竟然隱隱滲出鮮紅的血汁來，嚇得工人們慌亂跑回家，不鋸了。過了好些天被政府催促緊了才又躡手躡腳過來收拾乾淨的。據住在附近的老百姓說當天晚上他們走近去看時，還看見一股細如髮絲的鮮血沿著樹椿直往下流淌，滲倒老樹根裡去了，看的人個個驚恐萬狀，目瞪口撟，一言不發跑回自己家，關門上床睡大覺去了。你說說老銀杏樹流血是什麼意思？過去了這麼些年頭了，要不你問起，誰還提它？都快忘光啦！」

我傻呆呆的立在那兒，沒有說出一個字，聽傻了。後來回過神來，才對比我小好多歲的學弟說出：「謝謝你告訴我這些故事。太傷心了！你當時都看見了？」

「沒有，不瞞你說當時我正揹運，為我父親的冤事到處告狀，縣裡省裡都去過多次，就是沒有告到京城，還沒等到我上京告狀伸冤雪恥，我自己就被關到江心沙農場勞教一年零三個月，冤枉我擾亂社會治安，你說天下還有講理的地方沒有？倒楣不倒楣呢？到頭來，舊冤未伸，新冤又來了。咳，不說了，有啥用？誰叫你是平頭小百姓的呀！一無辦法。」看他垂頭喪氣地拿起打氣筒準備繼續幹活，我無言可辯，輕輕地移動腳步朝東走，只說了聲：「謝謝，再見。」隱約聽見他歎了口氣重複地說了好幾遍：「咳，小百姓真沒辦法呀！小百姓真沒辦法呀！」最後幾個字音被城市噪音野地吞噬了。

時光流逝，人為造作。實驗小學已經成了我夢中之物，從現實中消失了。但我沒齒不忘實驗小學教算術的嵇志學老師，他可能是呂四地方人，口音特重不容易懂，典型的蘇北腔，可就是在這種情形下我開竅了，聽他的課，我的雞兔同籠難題怎麼就不難了呢？迎刃而解，我自己都沒搞清楚是怎麼回事。嵇老師沒有專門為我補過課輔導我，他就那樣平常上課平常教，我也是平常的聽平常的學，就會了，真叫神了。第二年我考取省立重點中學海門中學初中部，嵇老師功不可沒，算術考分滿分是關鍵啊！內心的感激之情，到了現時回想起來，甚至比當時更強烈更真摯。這次回故里，詢問老同學老朋友們大多記不清嵇老師了，只有一位還依稀留有一點印象，說：「嵇老師是高個子，他好像早就退休了，也許回呂四老家去了。他是否還健在都很難說了，更不知曉他確切住址了。」我想也是呀！我們這些當年的小孩子都步入退休隊伍了，他比我們至少年長十五、六歲，現在豈不已屆滿八十來歲高齡了？倘若他有時候會回憶一輩子教學生涯，未必對我這個普通學生留有什麼印象，更不會知道他教過的無數計的學生中的我在遠方思念他感激他，這種時空相隔遙遠的思緒雖然相互沒有面對也沒有交流，但確確實實存在，在我獨自沉思默想時，嵇老師清澈的眼神浮現於我腦際，有時甚至覺得這種模式的憶念更有意味也更讓人值得久久的玩味。我也假想過一旦有一日我去拜訪嵇老師，面對他，任我怎麼描述當時的情境總不能勾起他的記憶，甚或他已聾已不甚方便言語表達，更甚者……會不會令我和他都處於一種十分尷尬的境地，會感覺索然無味嗎？我不曉得會怎麼樣，我於心不忍，與其走到這步田地，我還寧願保持這份情愫於現狀，讓它一直處於沒有終點的過程中，繼續走下去，陪伴我一生。直到我的記憶力消失的那一刻之前，我一直懷有那份感情，而對嵇老師來說，他終生擁有一位老年小學生對他永遠尊敬的感情，儘管他並沒有被告知。

從進入實驗小學起我就改為走讀，因為姐姐高中畢業後去東北讀大學，哥哥讀高中住校了，城裡租的房子退掉了。走讀也好，每天走路鍛鍊身體，學校位於縣城西北角，我家住縣城東南方，從家到學校約有六、七里路之遙。每天早出晚歸，風雨無阻，倒也樂此不疲。只有一樁意想不到的事令我天天擔心，我上學路上必經黃家宅西邊，黃家偏偏養了一條又高又壯的黑黃兩毛色混雜的惡犬，凡有人經過此處，它必騷擾惡叫，對我也是一樣不依不撓，也許見我人小好欺負，更顯惡狠。開初我對付它毫無經驗，它一叫，我害怕，嚇得就奔跑，哪曉得它反而更得意張狂，竟然沒命的撒腿猛撲過來，逕直咬我的褲腳管，嚇得我直嚎大叫，驚動了狗主人才出來喝住那畜牲。自此之後我瞑思苦想了好幾天怎麼對付那惡狗，那時我正讀《西遊記》，家藏的三卷本，三十二開大，淺土黃色封皮，上海開明書店出版，正文紙質已變黃易碎，輪到我手上前面已有我哥和堂兄弟們讀過，半新不舊了，可仍是寶書啊！我對孫悟空的金箍棒著迷得狠，它可大可小可長可短可粗可細，變高可擎天，變小可藏之耳後，神奇至極。於是我忽然想到借孫悟空的金箍棒一用，立即從宅後竹園裡砍來一根適合我手握的粗細相當的竹子，鋸去竹梢和最根部，截取一節約一米五長的竹竿，把竹節刨掉，再用砂紙打磨平滑，握在手中揮舞自如，尚嫌不夠耀眼，我用父親作畫的顏料，五顏六色一圈一圈把它畫滿了，為防止褪色，上面塗一層清漆，既透明又發亮，無論遠觀或近看都感覺很不一般，一件像模像樣的手工製品，心中非常得意。我頭一回帶著金箍棒走在上學路上特別安心，因為

石砌拱形橋，傳說是明代的遺物。橋側面塗的水泥層及橋上七零八落的水泥柱欄桿定當與古代無關。僅見橋面上的少量石板條和一些磚像是舊有的，總有百年或數百年了，捉摸那種大青磚細膩緊密的質地和超常的重量比率，顯然不是現代燒製出來的。（2009年春季攝）

有了這壯膽的金箍棒，哪曉得這條惡狗竟未現身，似有神助一般。待過了黃家宅旁，我將金箍棒藏到路旁一大排冬青樹後面草叢裡，蓋得嚴嚴實實，不露一點形跡，過路人若不是存心尋找，它是斷斷不會被發現的。我擔心把金箍棒帶到學校引起同學們好奇爭看惹麻煩，弄得老師也不會高興，所以不敢炫耀於人。放晚學回家，我又從冬青樹叢後面草叢中取出金箍棒帶回家。這條惡狗只在晨間囂張，傍晚也許在場院在柴篷裡睡大覺做美夢去了，也許牠只上上午班，下午放假，總之我放學回家路上從來沒有碰到過麻煩。大約就在我隨身攜帶金箍棒的第四天早上，我離黃家還老遠，就聽見那條惡狗汪——汪——汪亂吠，我趕緊整一整斜背在左肩上的書包，雙手握住金箍棒，橫在我的上腹部。這時那條惡狗看到了我，一邊亂叫一邊從斜刺地向我襲來，說時遲那時快，我立定腳跟，正面對著惡狗，迅速將金箍棒向上一舉，在空中只輕輕一揮動，像著了魔一般，那條惡狗立即卻步，像被釘子釘住了，一步也不動，閉上嘴叫不出一聲，睜大了狗眼，眼珠都瞪圓了，嚇傻了，牠從沒見識過金箍棒這新式武器，我向前走一步，惡狗往後退兩步……我達到了阻嚇的目的，我才舉步繼續走去上學，那惡狗終究沒有吠一聲，也沒有向前進一步，任我走遠去了。我路過冬青樹，照老辦法掩放好寶物金箍棒，高高興興上學。這種安穩的日子維持沒多久，那條惡狗也許心想金箍棒沒什麼厲害的，狗性又萌動了，有一次牠試探著向我靠近，嘴裡發出稀稀鬆鬆的叫聲，我不理牠，牠得寸進尺，再向前跟在我後邊，吠聲也加緊了，我猛一回頭，搶前兩步，操起金箍棒沒頭沒腦地向惡狗猛砍過去，嚇得牠扭頭狂奔，頭也不敢回，夾著尾巴逃回家去了。我本只求平安過路上學，並非真的要打牠，嚇嚇牠就夠了。從此那惡狗見我路過，再不向我襲來，只在主人家門口對我遙吠一聲兩聲，算是打招呼，也許是偽裝威風，不失狗面子，我也管不了那麼多，反正平安無事啦！我的金箍棒呵，護衛我安全上學，理應記你一大功！

第三部

未選擇

我從實驗小學畢業後考初中，放榜那天一清早我就走到海門中學東校門，只見校門口北側的白牆上已糊好一張足足有橫寬五米豎高一米的大幅榜紙，上面密密麻麻寫滿了一行准考證號碼，正對著下方寫著姓名，猶如早年發皇榜一般，榜紙前人頭攢動，個個伸長脖子瞪大了眼，上下左右幌動來回找尋，找什麼？找自己的名字呀！我急切地從上到下一排一排掃蕩，突然間眼睛一亮，可親可愛的六九二號一下子跳入我眼簾，號碼下面不是明明白白寫著我的名字嗎？工工整整的楷書，毫髮不差，是我！是我！我沒有看錯吧？再核對一遍我的姓名和六九二號，沒有錯。我這才慢慢往後退，退出人群遙望榜紙，眼睛還盯著我的姓名和准考證號碼，深深地呼出一口氣，緩緩抬起頭發現今天天氣特別好，清爽純潔，不由自主地又深深地吸了一口氣，才轉過身逕直往回家的路上走了。走進家門還來不及向我媽報告，我媽媽看我興高采烈的神氣就一把將我摟進她懷裡，來回撫摸著我的頭，一句獎勵的話都不用，言語在這瞬間凸顯出多麼蒼白無力，這摟抱這撫摸替代著一切，一切盡在不言中。

讀初中，我仍走讀，海門中學在縣城東南角，比起地處西北角的實驗小學來離家還近二里多路，所以比以前省時省力許多。那個年代自行車少，價錢昂貴，很像現代的汽車一般，鄉下人家哪能家家有，大概十家裡有一家買得起吧。買不起自行車，就靠兩條腿走路，其實是鍛練了身體。我家沒有自行車，但我會騎，大概小學五年級時，我哥先學會了，車子是從自行車修車鋪租來的，每小時一角五分錢，他只學了兩小時就會了，就在人民體育場上繞圈、直行都沒問題了。之後我要他教我，他在車後扶穩車身，告訴我一個訣竅，抓住車把平衡了，抬頭直視前面五十米，雙腿用勁蹬，掌握這三要點熟練就可以了，不過我比較笨，學了兩次每次兩小時，摔了兩跤，也能搖搖晃晃前行了，算學會了。騎自行車也是個怪事，學會騎了，終身保用，不論隔了許多年，抓上車把坐上車座自然而然腿一蹬就走了。至於買第一輛自行車要等到我讀完大學，工作七年之後了。那時在京城，不，在全中國一樣買自行車要憑政府發的一種票才能買，類乎糧票油票肉票布票火柴票之類，但不是每月每家每人都有，一個單位每百人一年發若干張票，再分配給沒自行車的人。我得到購自行車票後，沒有錢，上海產的鳳凰牌一輛要價一百五十多元，相當於我三個月的工資，當時真正月月光，被逼迫的月光族，沒有存錢就向朋友借，借錢買車，現在的我怎麼也想不清哪來的勇氣？竟敢借錢買車。說遠了，回正題。我走讀海門中學時，通常帶中午飯，那小飯籃在今天看來可是了不得的工藝製品，在那時卻再也普通不過了。用頭青細薄篾竹片手工編成，圓圓的形狀像足球那麼大，下部收緊，到底部加一圈圓足，手摸去十分光滑細膩；外加一個手提小把，大小恰到好處，不高不矮，竹片厚薄相宜，不太寬闊也不太狹窄，手提上去正正好好很順手很舒服；它還有一個蓋也是篾竹編成的，蓋頂編一個小小的圓球，讓你掀蓋時方便，猶如古時人戴瓜皮小帽的帽滴子一般，既實用又有裝飾的意味。媽媽為我準備午餐時，每每先以籠頭細布襯底，上盛米飯，再將一小碗菜蔬疊在米飯上，蓋好蓋子出門前交給我。午餐前，學校大廚房有一種服務，把我們學生帶的飯菜整整齊齊碼放到好幾層高的碩大蒸籠裡，蒸上十來分鐘飯菜就熱氣騰騰香味撲面，我們個個像餓死鬼，狼吞虎嚥，好吃極了，其樂陶陶，爾今不復再有。我有時不帶午飯，媽媽給我五分錢，叮囑我到祥生開的燒餅店買燒餅吃，五分錢一個燒餅足夠我吃飽了，不像三分錢一個的只加一點滴蔥鹽和油，五分錢一個的會加酥油，份量也大，酥油讓發麵起酥，分成一層一層的像千層餅，餅面上撒一層密密麻麻的芝麻粒，放到土製大圍爐裡烤，那陣陣香味鑽進鼻孔不由得不流口水。上午最末一節課後，我走到祥子餅店只需五分多鐘路，他總熱情友善地招呼我在長條凳上坐下等一會，看著他為我做酥油餅。這種圍爐現在不見了，或許絕跡了，在一個圓形大鐵皮桶或圓形大木桶的圓面上挖一個圓口子，直徑約三十釐米，內壁很考究，真不明白用什麼材料，也許就是白堊粘土將內壁製作成穹窿頂的樣子，底部中心燒火，講究的用木炭，次一等的燒細煤屑，將在案板上做好的餅子迅速貼到內壁爐膛上，動作一定要快要準，倘動作一不利索，餅子沒貼住，嘩啦掉下來，粘一大片木炭灰或煤屑子，很難清洗，報廢了不說，手在這爐子裡面折騰不起，燙得要死，祥生的手掌所以一直是紅紅的，似乎有些臃腫，就是因為長期接觸高溫的緣故。餅子烤三、五分鐘，香味就往外噴，誘人得不得了，趁熱吃又香又脆又不膩，往往燙得我把酥油餅子不住地左手換右手，右手換左手來回翻轉。這滋味永難忘，保終身，直到我五十年後回故鄉仍去尋覓，可惜那份感覺找不回來了。現今沒有人做蔥油餅了，沒有人要吃了？祥生也已作了古人。即使祥生人還在也還在做餅子生意仍做酥油餅，我能保證把記憶中的哪份感覺找回來嗎？恐怕也難了。怪都怪人這個生命體從小長大成人，這短短幾十年間的變化太大太多太厲害，都被異化了變壞了，把一點一滴原始的成份都燒毀湮滅了，最終全部丟個精光，完完全全變成一個另外的人，抑或僅僅留下了人形。

讀初中三年裡大約總共有五、六次，我還享用過一種特殊的美味佳餚作午餐，自然也是我自己嘴饞惹出來的。我同桌同學尤伯賢，他父親開一家餐館，店名「美味軒」，可愛誘人極了，離我們學校不算遠，走過去用不了十五分鐘。有幾次放晚學回家隨尤伯賢繞一點彎，路過他家店門口，看見青花大瓷海碗裡盛好一隻隻紅燒甲魚，一碗一只，每碗上插一支小竹簽，標明一角五分一碗，伯賢告訴我吃的人很多，既不貴味道又好，很實惠。後來我跟媽說我很想吃一碗紅燒甲魚，媽怎麼答應我的請求，我都忘了，反正給了我一角五分錢，我就進了「美味軒」，伯賢陪我，他也要了一碗。真好吃，什麼叫鮮，我是第一次嚐到了。這之後我又嚐了幾回，都是用積攢下來的幾分幾分零用錢。我那時那麼有興趣，現在想起來都覺得好生奇怪。

剛上初中，我的心情可好啦！每堂課都很新鮮，尤其對各位老師都倍感和藹可親，所以我聽課特別認真。教語文的王元吉老師，既元又吉這個多好多有意思的名字啊！他臉龐胖得可愛，尤其那張小嘴，發促進的「促」、我們的「我」等音時，嘴唇向前一撅，更是沒得說的惹人愛，猶如熟透了的櫻桃。笑起來眼睛眯縫得成一條細線，就像彌勒菩薩面相。他上課時從來沒發過脾氣，笑還來不及呢！他肥肥的小肉手抓住粉筆寫的黑板字，十分雅秀，與他的胖人外形實在不相宜，令人不敢置信。王老師內秀異常，後來看他在我作文簿上修改的朱色毛筆字才真正開了眼，見了真功力，可惜當年年少不懂事，沒收藏，全丟棄了。他的聲音很清脆但不宏亮，稍感細聲女氣，但還沒達到討厭的地步。他書寫黑板時，同學之間抽這間隙交談幾句，他一向不聞不問，然後慢慢向你走近過來，好像也想傾聽你們談話一般，同學見王老師走來，自然不好意思地馬上停止了交談，老師和學生抿嘴一笑了之，多和睦的師生關係呀！誰也沒傷和氣。王老師的名字特別有意思，元，元亨；吉，利吉。當時只知字面意思，不知其源出於《易經》，這是稍長了一些年歲之後讀閒書讀來的，看來他父輩也非等閒之輩，或許出身還真是書香門第呢！

教我們動物學的蔡老師更是個性十足，講課全神貫注，十分投入。有一次講到魚類那堂課，他親自動手解剖一條鮮活亂跳的鯽魚，水花濺得前三排中央座位上的同學們躲避不及，腥味陣陣，他卻滿不在乎，衣袖衣襟上魚內臟碎渣星星點點，照樣大聲講解不迭。蔡老師的牙齒排列不甚整齊，發聲又高昂帶勁，所以坐在前幾排的同學就難免遭殃了，吐沫口水一齊飛濺，有時他喜歡邊走邊講，從左邊第一排走到最後一排，再繞到右邊最後一排回到教室前面的講臺來，他這繞場一周，如天女散花，口水滿天飛撒，同學們一看來勢不妙，趕緊低頭或偏頭或抱頭躲避，可是我們的蔡老師興致正濃，根本注意不到同學們的躲避狀，繼續我行我素，視若無睹。儘管他有此弱點，但他課講得生動透徹，我們都愛聽，這一點滴不如意也就全都忽略原諒了。

最有趣的還要算教地理的孫老師，他一上講堂，就把左手插在左邊褲袋裡，從不見拔出來過，上了幾次課後，怕我們學生們奇怪他這怪癖，他自動解釋給我們聽，他患小腸氣毛病好幾年了，小腸氣又名疝氣，他若大聲講課，那邊廂就疼得厲害，所以用手壓迫它就比較能減輕痛感。他這樣一說，同學們不但不覺怪異，反而對孫老師增添幾分同情和尊敬。每到孫老師上課，值日生總搬一把椅子放在講桌旁，供他坐下歇憩，其實他根本很少坐。孫老師令我敬佩的一個重要原因是知識淵博，我沒見過他上課帶什麼教案一類的過來，只帶一杆不短的教鞭，教鞭不是用來鞭打我們的，用它指點懸掛的大幅地圖。他不僅自己不看教材教案，也叫我們合上課本，專心聽他講解，下課復習時再去讀課本，他的教學法竟特殊如此。他講課熟門熟路好似信口開河，中國東西南北四方都在他所握的教鞭頂端，一忽兒指上一忽兒指下，黑龍江、牡丹江、黃河、長江、珠江、雅魯藏布江，還有什麼長白山、昆侖山、天山、太行山、祁連山、大小興安嶺、珠瑪拉瑪峰，連海南島的五指山都指給我們看了。比如講到煤炭隱藏量最大的五大產地，他用教鞭指到哪就說到哪，平頂山鶴崗煤礦、遼寧撫順煤礦、山西大同煤礦……又比如問我們長江流經哪些省區？我們隨著他教鞭移動挨個兒齊聲說出青海、四川……當他聽出有些聲音說錯了省份時，教鞭就停住了，並重重他敲打地圖上正確的省份所在地，促使說錯省份的聲音都糾正過來後再向湖北、江西進發了。孫老師真是教學天才，在他的課上還有誰會做小動作或說閒話呢？個個聚精會神，他就是這支樂隊的指揮。我最高興聽他的課，每堂課意猶未盡就聽到噹——噹——噹的下課鐘聲響了，孫老師總說時間過得太快，下次再講吧。好像輕輕鬆鬆，其實他是忍著疝氣病痛，不讓我們覺得而已。他的學生考試成績大多很優秀，我也是其中一個，受惠良多，直至今日，合上眼睛不僅說得出全中國省分位置和省位所在地，睜開眼畫世界地圖及重要大都市八九不離十，唯有非洲差一些，容易搞混。這一切全得力於孫老師，功勞都歸孫老師教育有方啊！可能也因此引發我長大成人後遊山玩水的興趣，曾經夢想做旅行者，寫遊記過活。

教我們體育的老師姓章，也是疝氣病患者，也是左手經常插在褲袋裡，所以上課很少做示範功作，如做單扛翻身上杠，他先講動作要領，再請同學做示範，他作保護。但章老師能做單手引體向上至少兩次，可知他的體能有多強了。他喊立正、少憩等口令不十分大聲，但其聲調堅定有力，富於嚴肅和不可侵犯性，蘊涵著讓你不得不服從的氣勢在。據說他有過輝煌的青年時代，有名的短跑健將，也有人說他得到過一百米比賽全國冠軍。又傳說他在國民黨軍隊裡做過中校軍官，怪不得他發的口令聲與眾不同，的確有股軍人的冷峻氣。後來他在一九五七年過不了這大關，變成了右派分子。

老師中還有一位女老師錢秀文，做過我初一年級的班主任，她兼教代數，十分認真負責，發聲洪亮有餘，隔壁教室都能隱約聽清，只可惜她吐沫星子滿教室飛撒，明明她自己也看得見，卻滿不在乎，我行我素，只有當她的一雙嘴角堆積了一撮白沫時，才從上衣列寧裝口袋裡掏出一塊素白手絹來擦一擦又繼續噴撒吐沫星子。她人矮小，踮起腳跟也寫不到黑板上中部，所以有時必須大量板書時就用椅子墊著寫。她也常執一根木質細長棍當教鞭，除了指示黑板的正常用途之外，還拿它來敲打講桌，乒乓奇響，以提醒學生不打瞌睡或小聲說話。只有一次失手，有個女生打瞌睡，第一次敲打女生的課桌起不到警醒作用，第二次忍無可忍不小心鞭打到了女生的後腦勺，沒出血也沒大礙或深的傷痕，可女生的家長不依不撓吵到教導主任、校長那裡去了，誓不罷休。校長背著錢老師到教室裡向我們調查，幾乎個個同學說實話作證，錢老師從此以後老實過一陣，沒有先前那麼飛揚跋扈了。當時也有流言傳佈錢老師對男生溫和而對女生兇狠，那也不見得。剛才說幾乎個個同學說實話作證，有個女生例外，校長問到她時吱吱唔唔說那女生上課打瞌睡不對在先，為錢老師辯解，在校長再三追問下才勉強說出「打了」兩字來。這個例外的女生私下裡認錢老師為乾媽，師生相認乾媽乾女兒乾兒子的情形，在當時絕無僅有，天底下真是頭一遭。這是幾十年後那個例外女生自動招出來的，她為她早已退休在家的乾媽錢老師送一塊匾安慰安慰，才不得已告訴這些一起署名聯合送區的老同學，漸漸傳到我的耳朵裡。這例外女生長相實在不敢恭維，說真的相當醜陋，前額發際線低下，兩條眉毛連接成一線活脫像只飛蛾，皮色黑裡焦黃，卻也許不缺歪門邪道吧。再說錢老師的父親早先開綢緞莊，一個殷實商人，生了五個女兒還沒有生出一個兒子，另想辦法，又娶了一房小妾，依然連生三女，皇天在上，豈不令其絕後麼？錢老師是大女兒，和三女兒都從錫類中學畢業後沒上大學繼續深造，三女兒居家學做綢緞莊生意，繼承父業；大女兒做了交際花，在國民黨縣黨部裡進進出出，冬穿狐皮夏著絲綢，腳蹬釘子高跟皮鞋，嘴叼香煙，經常乘坐縣長劉道兒的英國奧斯丁牌高級小轎車出入豪紳家門，出席官商大賈的遊樂飲宴、舞會更少不了她在其間周旋。她雖沒有正式的官銜職務，但她哪兒都去，好像到處都需要她少不得她，面子大得不得了，地位相當特殊，所以有交際花一說，也有說她是縣長的情婦、姘頭，反正說什麼的都有，她不是沒有聽聞這些流言蜚語，她練就一身充耳不聞、滿不在乎的功夫，聽之任之，樂得為所欲為，過著耀武揚威的光鮮日子。據說錢老師那時候身材雖小，但體型勻稱豐腴，加上她善於修飾，髮型時髦入時，胸脯天生高聳，屁股後突等等女人身體特徵，彌補了身材不夠修長的缺憾，等到給我們上課時當然已時過境遷，早就更裝易服，常穿藍色列寧裝，冬季穿一襲駝色薄呢子長大衣，已是十分引人注目的了。再後來到了普通退休幹部年齡時節，錢老師又鬧出個新花樣來了，她說她應離休而不該是退休，工資理應提一級，待遇較一般教師應高出一大截。縣教育局長官問為什麼？她說她那個時代跟國民黨縣黨部要員們鬼混是共和黨地下工作所為，她是共和黨的有功人員，現在你們倒不認老娘賬了，我在提著腦袋隨時會遭殺身之禍時你們在幹什麼，還在吃奶吧！教育局被糾纏不清，推到共產黨縣委，縣委也不認賬，她為此不屈不撓逐級上告，前前後後折騰了好些個年頭，直到筋疲力盡、心灰意冷之時，才總算明白了石沉大海、杳無音信的道理，因為整個過程裡竟沒有一個人站出來為她作證具保，她找不到一個證人，當時她說出的單線上級聯絡人早已不在人世，而且被認定為叛徒死於共和黨的獄中。所以至今錢老師仍住在一套背陰的二房一廳小單元房子裡，同革命離休老幹部的三房或者四房二大廳三衛浴大套間實在相差太遠了，小巫見大巫，心有不甘啊！鄉下有句話，叫做一個在天上一個在地下，更不用說享受什麼工資晉級、醫療保險、年年安排旅遊坐軟臥等等高人幾等的說不清的特殊福利了。

我在班上年齡最小，那些大齡同學之間男歡女愛情事與我無關，沒人跟我說，我也不問，所以所知甚少，落得耳根清靜。我有個好朋友叫陳品高，全校運動會一百米、二百米賽跑穩拿冠軍，他個子高，初二學生一米八十的身材，真是了得。他向我揭秘，身高是條件之一，還得會使用好這條件，就是努力練習加大步幅，所以看他賽跑，腿腳前後來回的頻率不高，一步一步穩紮穩打，一左一右步幅至少超過三米，換個中等個子跑，頻率高步幅小，白忙了好半天還是白費勁，還是跑不過他。還有一回他和我閒聊，指著一位姓朱的女生說：「你曉得她為什麼也跑得快？女子組第一名經常她得，你仔細看她的大腿和小腿。」其時正值夏季，她穿短褲。我看了，悟不出什麼門道來，他看我未解，就主動往下講，「她的大腿天生的叫青蛙腿，肌肉圓圓的結敦敦，筋道都聚集在裡邊，看她的小腿精瘦得奇了，尤其腳裸那裡突然收緊，細得也奇了。唉，你知道千里馬的腿有何特徵？也就是踝骨部分精細有力，伯樂相馬這一招沒廣泛傳下來，人和馬是同一道理。」我被他說得如墮五裡雲中，只有點頭稱是的份兒。後來學校開運動會，我關注一下朱同學賽跑，發令槍聲　響，她像拉滿弓弦上的箭一般飛射出去，不到五十米就把別人甩開了，勝券穩操。再後來到省裡比賽她吃了個零蛋回來，發誓不再參賽了。陳品高又說了：「沒有好教練，哪能練出個名堂來？」我隨即聯想到他，是不是也沒有好教練，跑不出更好的成績來？他笑得直搖頭自嘲：「我本不是這塊料，跑跑好玩。我讀完初中跟我爸學做活，我爸早跟我說定了。」

「學做什麼活？」

「打鐵。我爸是鐵匠，你不是知道嗎？」

我又問：「那你準備打一輩子鐵？」

「不！先打鐵，將來到大工廠當鋼鐵工人，頭盔一戴，爐火燒得正紅正旺，幾千幾百度沸騰的鋼水從煉鋼爐澆灌下來，好壯觀啊！你說那讓你耀眼的紅光照在臉上該有多神氣多威風?!」他反問我，「想過沒有你長大了做什麼？」

「沒有。」我不太好意思地回答。心想他真有志氣，我怎麼不懂事，沒開竅。

有一陣班上風風雨雨，男歡女愛的把戲玩得正濃。就是剛才說的那個朱女生和姓袁的男生相好上了，據瞭解內情的人說是袁追朱的，怎麼追？沒有說。袁同學家住通州，面相像猴，吻部凸出，嘴尖尖的，愛運動；朱同學家住三廠鎮，一頭黑長髮，皮膚較白，少許雀斑，與袁同學的面相相似，也是吻部凸出。及至壯年我才聽說什麼叫夫妻相，我一回想，袁和朱不正好是夫妻相嗎？怪不得他們少年時代就相好上了。還有一個顧姓同學，他的音色美妙無比，天生的男中音，音域寬廣渾厚，連我這個失缺音樂天分的人都能分享一點兒他的音色之美，可見他非比尋常了。顧同學愛上了趙姓女同學，他倆家都住小海鎮，距縣城西十五里左右，平日住校，每到星期六放學回家時就有好戲看了。趙不情願坐在顧的自行車後座上由顧騎著一起回小海鎮家去，顧卻十分執著，一放學搶先一步老早去校門外十步路處堵她。那時節自行車還是奢侈品，全班五十多位同學有自行車騎的不超過五人，所以顧同學很有些自信，而那趙同學就是不買這賬，不領這個情，偏要自己走路回家，甚至情願花錢叫一輛二等車乘回家。什麼叫二等車？恐怕現時讀者諸君不太明白了，讓我嚕嗦幾句說明一下。二等車是計程車的先驅，以自行車替代小汽車出租，當時無里程計算器，乘客和工人先商定價格，然後乘車。踏二等車的的工人會在自行車後座上加一個棉墊子，講究些的訂做一個彈簧墊子，乘客坐上去頗覺舒適，即使鄉間路面高低不平也會大大降低顛簸程度，彈簧上襯一塊棉絮，外蓋一塊毛巾，儘量裝飾得漂亮乾淨，便於招徠顧客。一般男顧客如騎馬般跨坐，女顧客考慮跨坐不雅觀，就側坐，但也存風險，重心不穩，平衡係數大降，摔跟頭機會增多。好了，我們的顧同學在校門外已經等急了，剛剛過了十分鐘，他心裡覺得等了好長好長時間，總想有半小時了吧，心中正焦急地七想八想，甚至懷疑剛才出校門回家的人群裡，沒看清把趙同學漏過了。這時正巧看見趙同學的雙髻小辮一晃一晃走出了校門，明明看到顧同學，裝作看不見，緊貼著學校圍牆走。顧同學情急了，推著車橫過路面追上去，緊跟在趙同學屁股後面不放。趙頭也不回只管繼續往前走，顧也只管推著車子跟，顧終於央求了，快坐上來吧！趙不答話，自顧自向前走。據傳後來趙拗不過顧，待到轉過羊園角街口，等同學星散了，趙乖巧地一跳就坐上去了，顧同學喜不自勝，一溜煙的蹬得飛快，自行車鈴聲響噹噹的直往前衝。也有說趙操手摟住顧的腰了，也有的爭辯說，騎那麼快車，不摟腰的話，趙非甩下來不可。更有的說顧故意使壞，騎快車，讓趙不得不摟他腰。還有的說車都乘了，摟摟腰又怎麼啦？何必大驚小怪！大家開心！總之都是胡謅亂說一通，一時間成了熱門話題。不過好像他們倆終未成眷屬，顧沒考上高中，不知到哪兒去了。趙後來讀完高中又上了大學，據說被分配到蘇北淮安附近一所監獄做獄醫。少男少女們青春期嬉戲故事，不能當真，早戀也。世間雖有無花果，罕見也。常態之下，花未開，又怎能結出果實呢！

真可惜！讀完初中三年，不記得怎麼費勁，很容易就考取本校高中部，繼續讀三年。這三年功夫，似乎開始懂事，亦是被逼迫的居多。以我的本性，還是朦朦朧朧的好。解世事太早，並不好，小小年紀太累有啥好？可惜世事又往往由不得自己說了算數的，被推著跟著走就算好運啦！因為我在班裡還是年紀最小，個子不高，高中一年級坐教室第一排位子。我愛玩，那時喜歡上打籃球，和幾位個子都差不多的同學玩得到一起，水準也差不多，所以一起玩的時候多一些。班有班籃球隊，都是幾個大個子同學，戲稱傻大個兒，但我看人家籃球就是打得棒，我們甲班在年級打第一，輕輕鬆鬆，在全校打比賽也總能打進前三名，的確很是不易啊！我們幾個小個子也愛打籃球，時間一長，也想跟人比賽比賽，沒怎麼考慮也成立了一支籃球隊，取名「英俊」，取英氣俊發的意思。未料鬧出個大笑話，我們第一次以英俊隊名義跟人家比賽後第二天，被其他男同學在背後竊竊地恥笑，也有女生抿嘴一撇，開始時我們莫名其妙，丈二和尚摸不著頭腦，人家又不願告訴我們為什麼笑？笑什麼？大約二、三週後，還是一個小矮個兒同學大概同情我們，偷偷對我說出這秘密來，他說你們真傻啊，傻到頭了！吳語系裡的「英俊」和那個男人追尋性刺激和快樂的「陰莖」發音一模一樣，沒有什麼區別，你們真不知道還是假不知道？我回說不知道，真下流，我們根本沒往那骯髒地方想。他又好心建議：「只怪你們沒有考慮周全，趕緊改了吧，可千萬不要再鬧出個笑話來了。」我連忙轉告隊友，個個咬牙切齒痛罵這些人無恥下流！罵歸罵，隊名還得趕快改。幾天後我們各人買了一件白背心，正正式式印上兩個紅色行書「紅鷹」，並開始以紅鷹隊名義跟人挑戰應戰比賽籃球，從此再沒有人取笑我們了。

我們紅鷹隊員個子都不算高，籃板球難搶著，但長處是靈活有餘，況且我們又團結友好，揚長避短，球越打越有長進，運球熟練，傳球更有背後傳球、跨下傳球等特殊手法，投籃也是不講究姿勢，只求投中為要，雙手單手之外，還用吳語叫「倒夜壺」的方法，就是用兩手從下往上拋扔籃球進籃筐，因為相對而言我們個子小手臂力量也小，用這種方法也可遠投得分。小半年練習下來，我們敢於挑戰班代表隊，開始班代表隊還不屑與我們紅鷹隊比賽，甚至放出風來，你們紅鷹隊得再練練，先跟別的班隊比比再說吧。班上也有人使激將法，故意說班代表隊怕輸不起，輸掉面子不好看。班隊聽了，嚥不下這口氣，班隊經不住我們幾次挑戰和旁人的激將兩路夾攻終於應戰了。比賽那天，全班人不論男生女生，連平日從不上籃球場的蛀書蟲都來觀戰助興了，好大的陣仗啊！不用說一開球，班隊旗開得勝連連得分，輕輕鬆鬆遙遙領先。我們拼力相搏，的確敵不住他們人高馬大的進攻，中場休息場上比分差八分，他們半開玩笑地問我們下半場還打不打？氣焰囂張欺人過甚。我們研究對策，多智星小嚴設計出避免正規戰法不與他們正面拼搶，多用背傳、胯下傳和少運球等下三路游擊戰術，打亂對方陣腳，利用他們上半場贏球的輕敵驕傲情緒，驕兵必敗也。所以下半場一開場，他們主力隊員換下了，我們趁其鬆懈，球往往從他們胯下穿檔而過，他們不習慣彎腰搶球，被來往自如穿梭的低球弄得不知所措，顯然亂了陣腳，待得他們叫暫停，商量應對之策，我們已經追成平局，反超兩分。他們主力又全上力挽狂瀾，可惜剛一接觸我們的打法也不甚適應，所以分數交替上升，較勁了好一陣，終場時紅鷹隊竟以超出三分反敗為勝，險贏了這場球。球是贏了，但得罪了一些人，後來遭受他們的陰損，當時是萬萬也沒想到的。班代表隊裡有兩三個南郭處士，是團幹部，小心眼，不服輸，又不願再比，私下地散佈流言蜚語，誣衊我們紅鷹隊的幾個主力隊員思想落後，搞小團體，甚至惡言中傷我們成立紅鷹隊就是有意跟班集體、團組織相對抗。我們心裡沒有鬼，沒當一回事，照樣打球遊戲，可是在他們幾個人那裡已經記下了這筆冤枉賬，一直到高中畢業投考大學時才出招，好狠毒啊！

讀高中我也住校，爸媽為了讓我多一點讀書、自修時間，我也非常願意。每天清晨起床後按班級為單位列隊練長跑，繞著四百米一圈的大操場跑，天天如此不輟。冬季來臨，早霜降下真頗有冷意，手腳和臉龐最敏感了，近三天來拖拖拉拉，甚至請個假偷個懶的情形也有幾起發生，所以體育委員郝伯言開講了，好心勸說同學們出來長跑，鍛練身體為祖國。這番話沒錯，都是挺時髦的大白話，哪知道他怎麼別出心裁，自個兒加了下面這句話，竟惹出禍來了。你聽他怎麼說的：「同學們呀，還有吶，現在盤踞在臺灣島上的國民黨蔣該死（蔣介石在當時中國的渾號）天天喊反攻大陸，假使有一天敵人真的打進來了，我們怎麼辦？現在努力鍛練還來得及，練好了長跑，將來逃起來也就跑得快了。」同學們頓時轟堂大笑，一笑了之。可是郝伯言這一席動員令被團幹部聽在耳裡，反應大不一樣，立即彙報上去，不得了啦！當天下午教室裡的氣氛就緊張了，班、團幹部不知從哪裡開會回來，魚貫而行，都鐵青色臉，死魚樣的翻著白眼，沒有人說一句話開一張口，好像天要塌下來，大地震死了許多人一般。我們在教室裡的同學都很錯愕，不知要發生什麼事了。只聽見團支書走到郝伯言課桌旁，嚴肅地對他說：「胡老師叫你現在就去他辦公室！」郝伯言低著頭立即站起來，拖著鞋底極不情願地吒——吒——吒走出教室。胡老師是誰？我們的新班主任，全名叫胡新權，未來的新權貴，兼教俄語，不知從省裡哪個學校受訓出來的，臨結業前夕加入了共和黨，革命性原則性特強的教條主義者，三年後升任全校教導主任兼青年團委書記，專職管理學生的思想工作，就是專門執掌灌輸、監視、收集、批判學生思想等等一整套無形網絡。這天晚上停止自修課，改為郝伯言的檢查思想會。郝伯言從座位上步履艱難地走到教室前面講臺邊，已經拉了兩三次褲腰，不知誰發問：「你怎麼啦？」

「尿濕了。」

「別胡扯，先檢查！」

胡老師在教室最後一排坐鎮。郝伯言一緊張就操一口淮陰口音，結結巴巴更加說不清楚了，誰也聽不懂，也許只有胡老師一人明白，他好像也是淮陰、淮安那一帶的人。弄得大家想笑又不敢笑，在這麼嚴肅的場合你笑出聲來準保沒好果子吃，只得忍著憋著偽裝著正經的坐著聽著，肚子裡已經笑得樂開了花。而且儘量不看郝伯言，低頭看課桌或看黑板最安全保險，不會一不小心忍不住笑出聲來。還好，有幾位班團幹部聽清了，他們七嘴八舌厲聲喝問他思想動機是什麼？思想根源又是什麼？郝伯言又用淮陰話回答，吱吱唔唔聽不清他說什麼。其實也用不著聽得真切，天下本無事，庸人自擾之，純粹是小題大做。幾經逼迫之下，郝伯言突然言語清晰了，我聽到他辯解說：「我沒有想什麼，就是沒有什麼深的動機麼，就希望動員同學們不要睡懶覺，早晨起來鍛練身體，把身體練好保衛……」

有個聲音一吼，沒讓他說完保衛祖國就打斷了，繼續追問：「照你這麼說你的動機是好的？這分明是狡辯！」團支書站起來，用手指著他喝問：「你必須老實交待清楚，為什麼說蔣該死打進來了？」

郝伯言慌了，不敢說沒說過。他又不敢說聽電臺看報紙上說的，因為報紙電臺是沒說過蔣該死打進來了的話，不過老宣傳國民黨天天叫囂反攻大陸，的確鬧得人心惶惶啊，他心裡亂得很，根本理不清一個頭緒來，只是胡亂應對，前言不搭後語。我又聽見一個輕脆的女聲責問：「什麼報紙電臺說的，你胡說！即使真的打進來了，哪能像你說的要逃跑？還要逃得快！虧你想得出！一定要深挖思想根源！一定要徹底交待清楚！」

郝伯言心想她鑽到我肚子裡了，怎麼知道我想什麼的？趕緊辯稱：「我沒有經過腦子，順口說說，現在我知道錯了，我改，保證以後再也不說了。」郝伯言認錯了，也不行。

又有一個女聲窮追猛打過來：「你說沒用腦子想，這就對了，證明你腦子裡根深蒂固就存有這反動思想，早就打算蔣該死打進來時，你就逃跑，逃跑得越快越好。你說你的反動思想根子是不是很深很隱蔽？今天終於暴露於光天化日之下，狐狸尾巴露出來了，收不回去啦！被我們大家抓住了。」

郝伯言聽到這裡突然哇的一聲大哭了，撲通一屁股坐到地上，哭得那麼傷心那麼惶恐那麼絕望，受委屈了？害怕了？也許惶恐、害怕、絕望羼雜一起，什麼都有，又什麼都不是，眼下究竟什麼的什麼也都說不清。不過我想郝伯言是大受委屈了，他本心並非像人們臆測的那麼壞，平日裡他為人還平和，雖說他也是個青年團員，但沒有怎麼趾高氣揚，飛揚跋扈的。我內心裡有些同情他，卻也不敢站出來為他說幾句公道話，直擔心他以後怎麼辦？為他捏一把汗。

不過僅此一次開會整治他，後來似乎沒有下文了，可見我的同情擔心是多餘的。班裡從沒有為郝伯言的問題開過第二次會，只聽說團內開小會又幫助過，他的態度變好了。又傳出話來，之所以不開班會，考慮到維護青年團的正面的革命的先進形象。這也對，內外有別麼！可是自從此回批判教育之後，郝伯言倒是可憐了，變得木答答的，本來話不多的他現在更少了，再不會說玩笑話了，孤獨了，真變了一個人。

我剛讀高中時遇見一位好老師雙姓令狐，做我們班主任，又教我們幾何學，他個子高高的，面相端正，平日不苟言笑，稍嫌古板，就像他上課一樣一板一眼，認真有餘；講課也不緊不慢，說一句是一句，沒有什麼廢話，邏輯性強，於幾何學推理極相宜；寫黑板字也是一筆一劃，一清二楚，從不馬虎潦草；將教案翻開攤放在講桌上，時不時的還規規矩矩低頭看上一眼再繼續往下講。憑他肚子裡的知識，絕不像那些嘴上無毛、初出茅廬者現炒現賣，或生疏或遺忘慌亂，心中無數，那麼他為什麼時時不忘看一眼教案呢？小心謹慎是也。他還有一個好習慣，從不拖課，下課鐘聲一響，準下課，像士兵聽到口令一般，立即遵行，這也是我們一些同學喜歡上他課的一個原因，當然最主要的是他講得條理清晰，我們聽得明白，不吃力，課外作業量適合，所以都很尊敬令狐老師。有一天下課後，他叫我下午自修課後去找他一下，有話要跟我說。到了時間我去令狐老師辦公室，他招呼我在他辦公桌前面的一張學生椅子上坐下。先問我父親好嗎？忙嗎？因為他和我父親稔熟，所以才從這兒寒暄開始，大概是他想讓我放鬆情緒吧。接著引入談話主題，問我最近讀什麼課外書？那時節，我正狂讀魯迅，學校圖書館剛購進一套新版魯迅全集，包括譯文集，共二十大冊，每次只能借一冊，讀完一冊還了，再可借一冊，所以不用一週總要到圖書館去還書借書一回，煩得很也樂意得很，幾近讀了六、七冊，到底讀懂多少真是天知道，不管怎麼說，我確實被魯迅嬉笑怒罵的文風所動，過癮啊！用今天流行的話說，爽得沒話說。所以課餘時間不是坐在圖書館就是坐在課桌邊捧著魯迅讀，籃球也少打了許多。我們教室後牆的黑板報上什麼學習園地、思想漫談等等欄目，平日都有團支部宣傳委員組織幾個人包下來的，他們按上級組織的需要和口徑胡編亂造、胡吹亂捧，我一向懶得看，不過天天進進出出教室，你不想看也都看見了，或耳聞了，想躲都躲不過。有一回真忘了起因，惹我厤煩撕下一頁練習簿紙胡亂塗了幾句，學著魯迅的諷刺筆法，不過出一口鳥氣，也怪我年紀輕輕，那年月還不足十六歲，未成年，真叫少不經事吧，可就是這張紙讓他們幾個人神經病了，不高興了，要圍剿我了。好像是我惹怒了他們，其實到底是誰惹怒誰？難道他們成年累月說屁話昏話合理合法，我只說幾句戲謔的真話就犯法了嗎？難道只許團組織州官縱火，就不許我們小百姓點一盞小小的豆油燈玩玩嗎？我直覺得理直氣壯得很呢！可是站在州官立場上看那還了得，有人竟敢向我們挑戰！太歲頭上動土，還有沒有王法了？令狐老師是為這事來滅火的，他耐心解剖給我聽，魯迅生活在魯迅那個已經過去的年代，現在是現在，兩者大不相同了，時代和時代不一樣了，一定要分清楚。他像講幾何學一樣推理給我聽，結論是：所以，魯迅的筆法也不要隨便學隨便用。令狐老師怕我年少閱歷淺，不知輕重，吃了眼前虧還不知為什麼，卻又怕把話點穿，擔心我不明白，乾脆他把我寫的那張紙沒收了，寧人息事，不准兩廂糾纏。末了，令狐老師勸我暫時少讀魯迅，找些別的書看看，我聽他的話，讀法國司湯達的《紅與黑》、梅里美的《嘉爾曼》、《高龍巴》、莫泊桑短篇小說選、羅曼・羅蘭的《約翰・克利斯朵夫》和俄羅斯作家普希金、萊蒙托夫、陀斯妥也夫斯基去了。可是至今我也不知道令狐老師怎麼說服團支部那幾個人的。其實他們幾個心裡只是暫時擱置，到後來，尤其臨高中畢業時終於使出絕招來，一併秋後算總賬，而我一直被蒙在鼓裡，雖然心存疑惑，苦無證人證言證物，直到五十年後一個特殊的機遇，才讓我知道真相，團支部夥同高三年級班主任、校長壞事做絕，受害人不少啊！我只是其中之一。隱秘留到後面去講。

令狐老師和我談話沒過多久，轉眼已到了一九五七年春天，學校茅草加大毛竹竿蓋的大飯堂裡像鄉下掠衣服一樣拉了一條一條繩子，掛滿了大字報，說這說那的都有，學校裡的社會上的不平不義的問題、冤情都在大鳴大放中傳播開來，每天晚間盞盞汽燈高懸，光明敞亮，人潮洶湧，夜自修課取消了；圖書館也擠了好多人，《文匯報》、《光明日報》等報紙總有好些人站著圍著閱讀，與其擁擠看不見，還不如自發地推舉一人放聲念報，眾人聆聽，什麼章伯鈞、羅隆基、儲安平等民主黨派頭面人物紛紛登臺露面，什麼黨天下、輪流執政、肅反擴大化等等從未聽說過的奇談怪論像天方夜譚一樣天天堂而皇之的用大號鉛字刊行，外面世事真亂，天下真的要大變了?!更有聽了看了都令人心驚膽顫的狂言「殺共和黨！」報上就是這樣寫的，那個人姓葛，也是某個民主黨派的頭面人物，究竟是葛先生瘋了，說瘋話，該進瘋人院呢？還是報紙的主編、社長瘋了，真該把主編、社長統統送進瘋人院去算了，不然怎麼辦呢？當然還有一個辦法，姓葛的們和報紙主編社長都沒瘋的話，把他們統統抓進監獄，請吃官司，關幾年或槍斃幾個，殺一儆百多好。學校裡老師們學生們都被攪亂得無心教書無心上課，一些老師也學報紙上的瘋話聯繫身邊的學校和社會上的人和事，就在學校黨領導的動員鳴放大會上慷慨激昂陳詞，滔滔不絕地大聲疾呼，猶嫌不足，又寫成大字報掛到茅草大飯堂裡去，空氣裡彌漫著自由的氣息，民主的分子微粒在校園上空遊蕩。可是大鳴大放的自由氣氛好景不長。

六月三日夜晚，據傳說京城裡細雨濛濛，天氣反常，稍有寒意，住在懷仁堂裡的毛澤東剛吃完一碗香辣味的湖南家鄉紅燒肉，繞著圍廊從東踱步到西，又從西踱步到東，低頭踱步至少已有十多個來回了，他沉思著醞釀著構想著什麼？誰也不知道，誰也沒料到。突然間，他駐住腳步，猛抬起原本低垂的頭顱，疑視那陰沉又低吟的天空，雨絲還在不知趣的紛紛撒下，毛澤東仰天大吼：「這是為什麼？這是為什麼？」

宣傳機器超高速立刻運轉，第二天全中國的報紙一律刊登《人民日報》社論，題目就叫《這是為什麼？》一時間，中央人民廣播電臺全天候全文廣播，一遍二遍又三遍，其樂無窮地一直播下去，「這是為什麼？」「這是為什麼？」響遍全國各地，大河上下，長城內外，無處不聞，無人不知。

海門中學茅草加大毛竹竿搭建成的大飯堂裡依舊汽燈敞亮，可這些大字報卻頓時變了臉，成了鳴放者書寫者鐵定的罪證。全校師生黑壓壓一片坐滿了大飯堂，鴉雀無聲，主席臺上空無一人，校黨領導還在小會議室緊急密商，密商什麼？敲定究竟誰、誰、誰是右派分子啊！數數名額還沒有達到上級黨分配下來的指標，看看再把誰的名字加進去合適，以完成反右派鬥爭勝利的偉大任務。大飯堂裡每一盞汽燈周圍吸引著成百上千隻飛蛾和無數計的無名小飛蟲，它們鍥而不捨地一邊嗡嗡——嗡慘鳴一邊向燈火中心發動撞擊，一次又一次地撞，捨命去撞，最終還不是一隻接一隻地以喪命告終，或被烈火焚毀，或跌倒在地掙扎，或不經意地被眾人鞋底一踩一輾，瞬間就粉身碎骨。自然界飛蛾的慘狀正演繹著人間上演的大悲劇。北京、上海、南京自有北京、上海、南京的大右派分子，小地方自有小地方的右派分子，分層分級，一網打盡，可悲可歎的人類大悲劇正以戴著假面具的正劇一幕接一幕的喧鬧地上演著。

我們的令狐老師終不能免，也成了偉大政治運動的殉葬品。大鳴大放大風暴裡，他小心翼翼，只聽只看緊閉嘴巴不說話，一言未發，也沒寫過一張小字報大字報湊湊熱鬧，是一名最最安分守己者。有一天夜晚，全校師生又集中在茅草大飯堂開大會，突然間，臺上那個戴淺灰色八角形帽子的黨書記發疾一聲喊：「令狐本賢！」分佈在令狐老師周圍的幾個積極分子、打手們一擁而上，把他從黑壓壓一片人群中拽出來，推到主席臺下，轉過身來面對大眾，逼他交待反黨、反人民、反革命的罪行。他懼怕得不知所措，也不知道說什麼好，只管低頭認罪，喃喃低語，語不成句。他好不容易聽清楚高音大喇叭筒裡又傳來主席臺上那個尖叫刺耳的聲音，好像是叫他交代過去歷史上的罪孽。他自己也不知道從哪兒迸發出來的勇氣，回過頭去頂了一句：「我向黨交心的時候都寫了材料交代了，再沒有新的了！」排山倒海的群眾怒潮一股腦兒向他襲來，亂七八糟的咒罵聲像倒尿盆一樣傾瀉過來，他實在喘不過氣來，只有低頭忍著忍著。他一直耽心的一天終於到了，在令狐老師的心裡，此刻反倒鬆了一口氣，比較先時的那種時時刻刻的提心吊膽來反倒顯得踏實些。精神的極度緊張往往正是處於前景未明、陰霾重重之中，現下好了，被揪出來了，陷落到人民群眾的汪洋大海之中了，沉到底了。此時的他只聽耳旁傳來一陣一陣吼叫狂吠，根本分辯不清一個短語一個辭彙，當然更不用說一個句子了。群情湧動，一張張天真加愚昧、囂張又扭曲的臉像拉洋片一般從他眼前閃現，口號聲像海嘯一樣擠壓過來，令狐老師感覺腳不著地，身子漸漸浮游起來，順著人潮湧來湧去，晃晃蕩蕩，或東或西或南或北一無定向，眼花繚亂，一片模糊，渾渾噩噩，昏頭昏腦。從今日起始，右派分子勞改隊裡又增加了一名勞改犯，他的名字叫令狐本賢。

茅草大飯堂夜夜燈火通明，夜夜演戲，夜夜屠宰無辜的牛羊——不幸的人們。通知開大會，誰敢不去？誰知道今夜又向誰開刀，誰又成為犧牲品？屠宰場專門宰割正直人的良心，又不知有多少人要出賣老師和朋友，染黑了他或她的良心。人類正直的靈魂被扭曲被損害，也有些人甘願出賣靈魂以換取懸賞，攫取殊榮和血染的紅頂戴。勞改隊伍一天天擴展加長，他們起早摸黑幹重活髒活，加緊改造，改造什麼？改造思想。我們住校學生清晨起來長跑做早操時，勞改隊早已在河溝裡挖泥不止了。上體育課的章老師和耿老師也在河溝裡挖河泥，已經濺得滿身泥漿，變成了泥人，大概又因為用手擦汗的緣故，臉龐上也有好幾處粘了污泥濁水。汗水從衣衫裡浸出，泥漿隨汗水的流淌繪出形體來，他們沒有人理會這些，他們拚命地挖泥抬泥，沒有人想偷懶也沒有人敢偷懶，都想爭取好的表現，求得黨的從輕發落。他們正值壯年，上有父母雙親的牽掛，下有兒子女兒需要撫育，今天他們獲罪，直接影響小輩的前程，喪盡天良的事層出不窮。黨支書讓班主任找章老師的兒子談話，小章讀初三年級，班主任百般威脅他唆使他揭發他父親的問題，跟他父親劃清界線，與黨與人民一條心，如果不揭發，考慮考慮後果！小章自從他父親被勞改後，已嚇得不知道怎麼辦，整日搭拉著腦袋，無心讀書，現在又被班主任逼迫，真是雪上加霜，小小十四、五歲年紀嚇破了膽，又無人商量，還覺得無臉見人，走投無路，晚間把頭悶在被窩裡哭泣不止，被同寢室的團員聽到了，第二天報告班主任，班主任追問他為什麼哭？哭什麼？小章哪裡經歷過這陣仗，什麼也說不出來，幾次三番下來，小章患了精神病，逢人便喊：「我不知道！我不知道我爸的事！」精神錯亂，最終被送回麒麟鎮老家去了。從此毫無音訊。

我最喜歡的教我們語文的梁老師也成了右派分子，據說還是極右分子，右派分子中最頑固不化者，也就是被毛澤東罵為帶著花崗岩腦袋去見馬克思還是上帝的那種人。他根本就不寫交代，也不認罪，大會鬥小會批對他都沒用，他抱定宗旨咬定青山不放鬆，而且常常反唇相譏，責問道：「你們幾次三番動員我叫我提意見，幫助黨整風，大鳴大放，大會小會保證做到不秋後算賬，煽動我們知無不言，言者無罪，拗不過你們花言巧語，我才提了幾條意見，你們受不了啦！現在突然反過來給我戴右派分子帽子，要定我的罪，你們大鳴大放時說的那些話還算不算數？好心提意見反倒變成了猖狂向黨進攻了，你們才是反手為雲覆手為雨的偽君子、說謊者，以後還有誰敢相信你們和你們說的話？」梁老師語出月脇，堅持正義，絕不低頭求饒，絕不與世俯仰，所以他受苦受累最多最深，監工稟承學校黨書記的叮囑派他幹最髒最重最不堪的活，折磨他的意志，挫敗他的反動氣焰，梁老師在高壓下幾次暈倒在河床裡，緊閉嘴巴不哼一聲，緊閉雙眼一片黑暗。累得他死去活來，僅僅兩個月下來，他已經瘦得皮包骨，又咳嗽不止，實在不得已，監工才允許他去看醫生，醫生對他說你的結核病已進入第二期，得住院接受治療，加強營養。梁老師不吭聲，醫生又問：「你在學校教哪門課？怎麼到現在才來看病？」梁老師說話了：「我是右派分子。本來教高中語文，現在挖河泥。」醫生聽了不再吭聲，看著梁老師搖搖晃晃走了。

梁老師回到勞改隊，什麼也沒說，繼續到挖河泥工地爬上爬下去改造，本來白白胖胖的他被折磨得變了個人形，既乾瘦又黝黑，咯血連連。黨書記此時又獲重大勝利，動員、利誘梁老師妻子的工作有突破性進展，她正式提出與梁老師離婚，從政治上跟梁老師劃清界線，領導立即批准生效，不給右派分子喘息的機會，再出這重拳一擊，梁老師終於抵擋不住了，舉起細如鷺鷥鳥腿一般的雙臂向死神投降。他的妻子不出三個月，就被新貴吳新權收編，做了他第二任妻子。蒼天啊！你瞎了眼，好人受苦受難，壞蛋何其猖狂無道，怎麼你就放任不聞不管，不加懲罰哪?!

這麼多這麼好的老師一夜之間變成了反黨反人民的反革命右派分子，他們沒有資格當我們的老師為我們上課了，由於老師短缺，我們常常甲和乙、丙和丁兩班兩班合併上課，這種狀況到了一九五七年底之前突然有了轉機。有一天從青龍港碼頭上來七、八個中年人，個個自己背著背包提著網線袋，有的還戴一付眼鏡，安安靜靜，規規矩矩，幾乎沒有人閒言碎語，正正規規的排著隊向縣城走去。到了海門中學校門口，站在校門外四下裡張望，其中一個看上起似乎像帶隊的人，輕手輕腳地走近了傳達室，跟裡邊值班的工友說了幾句話，只見校工走出門來，招呼他們進了校門，然後轉過身用左手朝西北方向指著說，走過去就看見那門口掛著校長室的牌子了。這些是什麼人？都是從上海南京鎮江打發來給我們上課的老師。

彭老師被分配教我們班的物理學，他講磁力作用時教我們怎麼判斷磁力線方向的方法，最直觀也最有創造性，他拿一根白線繩子結成一個圈，用右手握住這線圈，讓線從虎口繞出到拳尾轉一圈，彭老師一邊示範一邊笑眯眯地告訴我們，記住了，從這兒順時針方向走就是磁力場的走向，接著又重複一遍，令我們通過直觀既容易明白又易記住。我們每人都忙著右手握拳，比劃著磁力線從虎口穿出，連連點頭。彭老師教得這麼好，看著同學們勤奮好學，他微露一絲笑容，很快收斂了又繼續講課。他講課發音不高，很穩重親切，從未高聲呵斥過學生，偶然發現學生交頭接耳傳遞紙條等擾亂課堂秩序的情形，他就閉嘴不講了，等候學生覺悟，恢復教學秩序了再講。這是一個好方法，因為他一不講，教室裡特安靜，凸顯出學生說悄悄話的聲音，知道被老師發現了，不好意思再繼續說悄悄話了。彭老師上課絕不遲到，總提早一兩分鐘到教室；下課鐘聲響，正時下課，不拖課。彭老師慎言少語，除了講課，絕無廢話，幾乎沒有人知道他的生活。放寒假了，我們學生們都高高興興回家過年，春節過後又回學校來，第二學期開始了，又聽彭老師的課，才慢慢傳聞彭老師沒有回上海去過年，一直留在我們學校裡，後來又傳聞和彭老師一起來的老師都沒回家都留在學校裡了，我覺得好生奇怪，彭老師沒有家？沒有妻子孩子？那麼他總有父親母親、兄弟姐妹呀！回家多麼開心快樂呀！有好吃好玩的，放花炮、走親戚。學校裡一放假，整個校園除了一排排教室再有一個空蕩蕩的操場，鐵柵欄大校門一關一鎖，誰也進不來，安靜得死氣沉沉，整個寒假關在裡面有什麼意思？這個不解之謎留存在我的腦海裡，又不便直接詢問彭老師。過不久，還是青年團消息靈通，放風出來，釋我疑慮，原來彭老師他們那一夥都是右派分子，犯了大錯才從大中城市降下來的，我們的彭老師是中右分子，罪過小些，區別對待，降級處分，才從大城市上海的大學裡降到我們鄉村縣城中學裡來，一邊教書一邊改造，以觀後效，再行處理。寒假裡不上課，正是改造思想交代問題的大好時光，所以沒有放他們回家，留在學校裡過個革命年。哪個敢哼個不是？個個還得假裝出笑臉，嘴裡吐出感謝黨的關懷這種違心假話來粉飾偽裝的言語來。那關口倘不懂這些套話假話，豈能蒙混過關存活下來？一些女同學心腸好，趕緊把從家裡帶來的年糕、糯米團子、花生等年貨送過去，彭老師一概謝絕，笑而不納，低沉的謝謝聲中隱含著深深的憂傷。團支部又放出風來，要同學們提高警惕，劃清界線，不要和右派老師過分來往。不幾天又正式傳達不知出自誰的旨意：「如發現這些從江南來的右派老師言行有問題，要及時向班主任和團組織報告。」這不是又撒下一張大網，把彭老師他們一些人通通罩在裡面，孤立監視起來麼？我聽了很覺可怕，怎麼能一面聽彭老師教授知識，恭恭敬敬認認真真，一面又要讓他在不明情形下監視他的言和行呢？這種勾當太卑劣太下賤，我怎麼也做不出來。這樣還能算是有良心的人嗎？不能，絕對不能！誰愛做誰就去做告密的勾當吧！倘若有人想告密，不過最好先問問自己的良心能安穩嗎？

我們學校產生出來的右派老師被分成兩類發配：一類罪行較輕，留在學校服勞役，挖河種田修道路，不得上講臺講課；另一類罪行嚴重，態度又惡劣，通通充軍去蘇北大場勞改農場勞動改造，每天下田幹活超過十六小時，嚴格的牢獄生活，高高的圍牆上架著鐵絲電網，夜晚崗樓上的探照燈白熾光柱在死一般寂寥的牢房區巡遊不止，時不時還配備狼犬侍候。他們這些思想犯政治犯與盜竊殺人等罪犯關押一起，一律對待，甚至被認定前者比後者更危險，因為這些右派分子企圖推翻黨、殺戮黨員，以奪取政權，所以說他們是反黨反人民的，罪大惡極的分子，而那些殺個把人搶劫財物的刑事犯，大不了只是騷擾小民的生活，根本構不成威脅無產階級政權，他們壓根兒就沒有想過跟我們黨為敵，這個根本的區別不要被表面現象搞糊塗了。我們的令狐老師也去了大場勞改農場，他身高一百八十釐米，稍微有點駝背，頭髮花白，看上起個子蠻高大，可氣力不大，獄卒又常派他幹重活，累得他腰直不起來，腿腳酸疼難熬。在他還在學校勞改期間發生過一件事，震懾我心。一天傍晚，晚飯過後，上夜自修課的鐘聲還未敲響，天色還沒全黑下來，我正巧路過校門口橋堍頭看見勞改隊收工，昨天的老師們今日的右派分子們個個疲憊不堪、垂頭喪氣地從河床裡往河岸上走來，突然發現令狐老師走近，我的心依舊尊敬他，不由自主地又加上幾分耽心，耽心他身體頂得住吃得消嗎？突然間我們四目相接，他的目光中怎麼會被羞赧和慚愧的神色充滿的呢？不，令狐老師，你依然是我尊敬的老師，你在我心中沒有絲毫改變，你是無辜的被冤枉的，令狐老師全然不是你的錯，你全沒有錯，我同昨天一樣尊敬你，甚至比昨天更多更強百倍的尊敬你，你永遠是我的好老師，你勸我的話我記著呢！令狐老師那一天那一刻那一瞬間的那一瞥目光，我永遠記憶清晰，永遠忘不了，永遠抹不去，人類本性中天生的固有的這種本領是與生俱來的，不用後天去學，即使想學想練，也是學不來也學不到的。再說令狐老師到了大場勞改農場獄吏繼續逼迫他交代在國民黨反動派軍隊裡的罪行，他沒辦法想，只好將五、六年前向黨交心運動時交代過的問題又重寫一遍交出去，獄吏如獲至寶，以為以此可以改造有方，邀功請賞、升官發財去了，及至稍後獄吏的上司告訴他令狐的交代都是舊材料時，獄吏的貪欲得不到滿足，卻催動了惡念，處心積慮、變本加厲地加重對令狐老師折磨和懲罰，令狐老師經受不起獄吏獄卒的使壞，本已身心日益受摧殘的他日漸消瘦衰弱下去，特別令他不能承受的是對他精神上人格上的摧殘和侮辱。有一陣到開飯時，故意將他雙手反綁在背後，令他匍匐著舔食洋鐵皮盆子裡的稀粥和爛菜葉子，像對待野狗一樣肆虐他取笑他，還不時地用腳踢他瘦得皮包骨的屁股。令狐老師思前想後的結果是絕望了，捨去生命的欲望那麼強力那麼有吸引力，一次又一次的衝擊，終於下了付諸行動的決心，就在今夕自己結束自己的生命。

一縷晚霞像昨天一樣輕快地傾瀉在無涯無際的天幕上，但他早已不記月日，不知今夕何月何日，只曉得今天是一九五七年接近冬至節氣的一個傍晚，地點在江蘇省鹽城東邊黃海灘頭的名叫大場的勞改農場。這天收工時，大隊人馬前行，他拖著苦不堪言的雙腿遠遠地落在後面，大部隊人影慢慢隱匿不見了，令狐老師一步又一步從河岸往河中心走，堅實地走下去，河水浸沒了他的膝蓋他的腰際他的胸脯他的脖子直至他的嘴唇鼻子眼睛額頭，他那一堆近期更形花白的頭髮隨河水飄浮湧動不止。令狐老師他是不會游水的。大隊人馬的歌聲在宿營地上空盤旋了一小會兒，勞改犯們習慣地簡單一洗就到草棚前場地上排隊等待開飯。只見老秦飯師傅伸長了脖子四下地找人，找誰？老秦問身旁的一名老師勞改犯令狐老師在哪？那老師勞改犯回答說，這兩天令狐老師心身疲憊得無以復加，他說累，所以掉隊了。秦師傅一聽覺得事情蹊蹺，不放心，隨手操起一根長竹竿徑直往勞改犯回來的路上飛跑，離勞改犯宿營地不遠就有一條南北向的無名大河，勞改犯每天下田幹活必經之處，秦師傅奔到河畔不見人影，也不見水面有異象，他立即走下河去，水沒過他的雙膝，不管三七廿一用長竹竿在河床中央處劃來劃去，從北向南不停地推移，沒命地使盡力氣地劃，在橋南不到廿米的河床裡他突然覺得有物阻礙他竹竿劃動，他不假思索地迅速順著竹竿走下河中央去，說時遲那時快，秦師傅一把抓住令狐老師將他從河床底拽出來，冒出水面，拖到岸邊發急大喊：「來人哪！快來救人呀！」勞改犯老師們聞聲蜂擁趕到，七手八腳幫他做人工呼吸，不知哪位有心人還扛來一口鍋，把鍋反扣在地，把令狐老師翻過身，背朝天，匐伏在鍋底上面，再用土法硬是把撐滿胃裡的河水逼嘔出來了，只聽令狐老師哇的一聲叫，得救了。他軟癱躺在地上，面朝天，臉呈死灰色，閉著眼，鼻孔裡僅存一絲兒息氣。

再說，這個秦師傅認識令狐老師已有六、七年了，他原來在海門中學當工友，前幾年鎮壓反革命運動中，他被抓住了，押到這個勞改農場來勞改，過了兩年就叫他為勞改犯們做飯了，反正一樣是勞改，被管的程度似乎還鬆動一些。其實秦師傅的案子說來極可笑，一九四六年之後兩三年間，他住在所謂新四軍與國民黨軍隊你退我進、我進你退的拉鋸區，就是說敵對雙方誰也沒有力量實際控制這塊地方，當地老百姓被這種變化無常的苦日子也弄得暈頭轉向，兩邊也不敢得罪，他們都是手握槍把子的，稍一不順心，就砰的一槍，你說誰敢惹？最好是躲得遠遠的，少招是非少遭禍。一天，國民黨兵叫秦師傅送一封信給鄰村村長，他當然不知道信的內容，不敢問也不該問，又不敢不送。他送去了，村長當他面拆信看了，什麼也沒說，秦師傅當然就回家來了。類似的情形有過三、四回。也有那樣的情況呀，他也為新四軍送過信傳過話給當地的豪紳為籌款籌糧等事，所以秦師傅被迫成了兩面人，新四軍和國民黨兵兩方面都叫他送信他就送信，心想兩邊都不得罪。其實他搞錯了，日後就有罪受啦！秦師傅不像我乾媽馬佩芳，她只幫新四軍做事，遞送消息，就是做地下情報工作，也護送過幾個傷病員，差不多像《沙家浜》那齣戲文裡的阿慶嫂，不過她沒開茶館作掩護，規模也沒那麼大，一九四八年底入了黨，她到老都有黨照顧她和她一家人的柴米油鹽，不說生活無愁，還過得蒸蒸日上呢。這秦師傅呢，命運不濟了，一九四九年新四軍勢力在，幫他在學校謀了個工友的職，如果一直安安份份做下去，到老了也月月有個退休工資拿，一輩子衣食無愁。可是當年的新四軍不是本地人，日子一長，升官的升官，還鄉的還鄉，工作調動的調動，熟知他的人走個精光，到了肅清反革命、鎮壓反革命運動期間，鄉里原來的豪紳有存活下來的也許為了立功贖罪也許只為報私仇，反過臉來檢舉揭發秦師傅歷史有問題，曾經為國民黨辦過事送過信，一問一查，秦師傅嚇得尿褲，一五一十和盤托出，負責肅反鎮反的幹部如獲至寶，連夜把他抓了關在縣大牢，秦師傅想到他也曾為新四軍送過信，趕緊提出來申辯，這時誰都不屑聽他胡言亂語，過不了幾天，就把秦師傅押到大場勞改農場改造來了。當時根本沒有經過法庭判決等一系列所謂法律程式，糊里糊塗收押勞改，勞改多少年？也沒個說法，一輩子？也可能。好在他本來就一個人生活，無牽無掛、得過且過的就這樣一直待在勞改農場裡了。秦師傅進來以後從沒有想過要提出申訴，走出勞改農場，他倒想過即使放他出去，到哪裡去活命？怎麼找工作？靠什麼活下去？倒不如待在這勞改農場，幹活穿衣吃飯，到了幹不動的那一天，死了拉倒，亂墳崗裡一埋倒也乾淨。秦師傅看令狐老師的冤情心知肚明，吃冤枉苦頭，就有心要照顧他。也從不慫恿令狐老師申訴，抱定一個宗旨「忍」。因為這幾年下來他知道機關，申訴沒有用，沒有一個得到好結果的，官官相護，一鼻孔出氣，官兒們都信奉多一事不如少一事。你提申訴書，給你轉上去還是不轉呢？他明白轉也是白轉，石沉大海，杳無音訊，又何必轉來轉去白費力呢，所以勞改犯的申訴書多數在獄吏手上就毀了。獄吏的邏輯是你勞改犯身在牢中有何能耐，即使你想問想查申訴書的下落也難著吶，關卡多著呢，哪有那麼容易！總之呢，查個屁，七搞八搞讓你暈了頭，自動放棄不了了之。如你仍要堅持查，到年終寫評語就沒好話了，非但減刑期提前釋放沒門，說不定還加幾年刑期呢！切不可以將現今時興的什麼人權一類屁話套到牢獄去，只能證明你根本不懂那種地方通行無阻的完完全全是最原始最殘暴最骯髒的勾當，幻想依賴一紙公文如何如何，一到那種地方，世間好像既權威又神聖的所謂紅頭文件還不如一張擦屁眼紙有用，根本沒有人會當它一回事。當然當初製造所謂紅頭文件的人本來也沒當一回事，印了發了完了，從來不去管效果如何如何，倘若你要問效果，撿你想聽的話馬上連篇累牘的彙報上來，所以官僚系統上上下下運轉得很順暢，所謂上有政策下有對策也，天下太平，鶯歌燕舞是也。也可以作這樣想：皇帝到處有，京城有京城的，上海廣州有上海廣州的，小城市小地方有小城市小地方的土皇帝，有時候小地方的土皇帝還過得滋潤得很呢，地方特色的土花樣多得令你眼花瞭亂，甚至更加肆無忌憚，為所欲為，不加修飾，全是赤裸裸血淋淋的，遠不遜色於那些偽裝虛飾的大地方。大皇帝小皇帝土皇帝處處有，作威作福，七品芝麻官，就是那些不入流品的地痞流氓也一樣有恃無孔，無惡不作，黑白兩道一丘之貉，連一個個小小獄警獄卒在他的管轄區域裡，哪個不是神氣十足耀武揚威的土皇帝啊！秦師傅忍，熬到了做個勞改農場飯師傅已經很不容易啦！他告誡自己夾緊尾巴，安安心心珍惜這福份，到頭來還是沒熬到自然收場而死於人禍。大約這之後七、八年，文化大革命運動突然以地震海嘯、泥石流般崩塌掩埋之勢猛衝過來，秦師傅沒有能躲過。革命造反派不知從哪裡弄到一份揭發材料，說秦師傅是國民黨在一九四九年逃往臺灣前夕潛伏下來的一顆定時炸彈，一個軍統少校特務分子。這還了得，在這偏僻的窮鄉僻壤不啻是一顆威力巨大無比的原子彈氫彈，不用分說秦師傅不可能再安安穩穩潛伏在勞改農場當大廚師了，被強拉到革命群眾的汪洋大海之中，革命怒潮正以摧枯拉朽之勢蕩滌著一切污泥濁水、一切牛鬼蛇神和一切反動分子，秦師傅的忍訣不生效了。他順著革命群眾的意願胡編亂造他的反革命罪行，甚至在酷刑下交代了將要組織指揮煽動暴動爆炸天安門和暗殺東南福建省黨書記省主席的一系列特務計畫，這是他一生中最富浪漫的夢幻主義的傑作，還有那麼多青年認真記錄並叫他簽字畫押。他從沒有經歷過如此隆重而又殘酷的場面，在弧光燈白熾光柱籠罩下，他第一次感受到演戲的感覺，他多次想要伸頸向天大哭大笑，可惜他沒有這膽量，他還沒忘卻他被包圍在革命群眾的汪洋大海之中，隨時會遭到滅頂之災的，所以他才忍住了憋住了，沒有做出迅速自取滅亡的傻事來。即使受辱屈服到如此地步，據說秦師傅到頭來仍是沒有逃過這一劫，慘死於造反派的亂棒猛打之下，血肉飛濺，難辨人形。造反派對外宣佈秦師傅自絕於人民，自絕於挽救，頑抗到底，畏罪自殺，當日火化，毀屍滅跡。又據說，真還有人記得那天是按我們祖宗遺留下來的寶貴文化遺產農曆來推斷，正好是冬至那一日。

反右派運動如火如荼地在全中國漫延燃燒，革命群眾不分白天黑夜地對右派分子窮追猛打，右派分子也紛紛落網投降敗北之時，初中部代數老師施復興沒攤上右派分子，一日突然在上課時倒下，躺在講臺旁口吐白沫，四肢抽搐不止，嘴裡模糊不清地胡亂哼哼唧唧什麼。學生們嚇得目瞪口呆，誰都從沒經歷過這種極端嚇人的場面，不知所措，還是體育委員手腳靈活，奪門而出直奔校長室，陳校長帶著校醫急衝衝沖進來，醫生蹲下來從醫包裡掏出一個小玻璃瓶，用勁搖了兩搖，打開瓶蓋，把瓶口對準施老師的鼻孔，只見瓶口絲絲青煙裊裊，不到半分鐘，施老師的手腳頭頸漸漸安靜下來，不亂晃亂動了，嘴裡似乎也沒有了力氣，停止胡謅亂說了，一切趨向平靜。校醫叫幾位身強力壯的同學抬施老師回宿舍休息。教室裡鴉雀無聲，過了好幾分鐘，同學們好像才從夢中突然驚醒，空氣流動，亂哄哄的七嘴八舌議論起來。

過了兩天是週六，下午課後老師們同學們紛紛走出校門回家，看上去施老師蠻正常，手臂彎裡夾著一本書低頭出校門，傳達室的工友跟他打招呼，他聽見了，抬頭望一望，緊繃著的臉上沒有一絲反應，只見他的眼皮向上翻了翻，誰也不明白這是啥意思。他出了校門朝東北方向的路上走去，他家住在長樂鎮南邊鄉下兩里來路，離縣城學校也總共只有七、八里路之遙。哪曉得走了五、六里，靠近施家祖墳，那九棵高聳的松樹枝杈密密圍繞著墳塋，正隨風輕輕搖曳，墳塋上的亂茅草亦不停地搖擺晃蕩，施老師停住腳步不走了，站在墳塋旁，一會兒抬頭盯住墨綠色的松峰，若有所思，一會兒低頭並蹲下來盯住茅草灰白色的小花，隨風搖頭晃腦；就這樣從西面轉到北面再轉到東面，同樣地抬頭同樣地蹲下同樣地盯住松峰盯住茅草小花，也同樣地若有所思同樣地搖頭晃腦，最後又轉到祖墳的南面，施老師突然面北跪地，把書本端端正正南北向放在墳頭，直如搗蒜一般向祖宗八輩行大禮，急衝衝禮拜，每拜又必前額重重擊地，不一會兒，他臉上粘滿了泥土、燈燈草的小黃花瓣，他什麼也不顧，他專心致志，他不知拜了多少拜，才停住了。他跪在那兒低頭發呆，又猛地抬頭凝視著天空發呆，發呆發呆，突然間他跳將起來，按順時針方向繞著祖墳小跑，跑了沒幾圈，又在松樹間穿來穿去小跑，又回去繞著祖墳小跑，並加快了速度，大踏步的繞著祖墳迅跑，熱了，出汗了，衣服扣子解開了，外衣脫下了，不知跑了多少圈，施老師開始離開祖墳往東北方向飛奔，一邊奔跑一邊不停地狂吼：「神道風來了！神道風來了！神道風來了！」他甚至脫光了內衣內褲，赤身裸體繼續奔跑，他不再順著鄉間小道往家跑，他瞄準施家宅不拐彎的奔跑，他不管三七廿一地踐踏著莊稼奔跑，見到河溝小渠，一概視而不見，直撲下去，掉在水裡遊過去爬過去，勇往直前，所向披靡，只為了一個目標逃回老宅。在附近農田地勞作的男男女女農民和在田頭玩耍的小孩，個個被「神道風來了！」的吼叫聲驚訝了，停住手裡的活計向吼叫聲發源處瞭望，只見施老師直奔施家宅，他們丟下手中的鋤頭鐮刀等農具，相互大聲呼喊著：「施先生發瘋啦！施先生發瘋啦！」從四面八方向施家宅聚攏來。這時節的施老師已踩過一片黃豆田，豆箕豆莢的點點尖角刺傷了他，腿上腳掌上殷紅的鮮血細細的往下流淌，但他並不知覺，依然飛奔。施家宅四周的宅溝既寬闊水又深，施老師穿過宅溝外側的竹林，從宅溝西北角撲通一跳落入水中，奇異的事發生了，他沒有沉沒下去，他踏著水竟將上半身升出水面，旋即露出肚臍眼、男根來，幾乎就在水面上前行，口中不住地嚎叫：「好！好！好！神道風來了！神道風來了！」根本無法想像一個平日裡手無縛雞之力的教書先生哪來這套驚天動地的本事？從哪裡得到這麼巨大的能量演出這般駭人聽聞的壯舉呢？把趕過來看熱鬧、圍觀的大人小孩都嚇呆了，驚奇錯謬不已，不知道該說笑該哭喊該做什麼！其實說什麼做什麼都沒用！眼看施老師沿宅溝西側水面向南行去，一個左轉彎他已到了宅溝南側水面上了，這時他的妻子已癱坐在宅前地上哭天愴地，看她的男人在光天化日之下赤條條從水上奔來，羞愧得無地自容，恨不得尋條縫鑽進地下去，可是腿腳全不聽使喚，動彈不得，又不知道怎麼辦？她也已經到了不會想又不知道做什麼的地步。還是幾位鄰居壯漢有膽有識，稍一商量，待施老師正爬上岸時，乘他不備，四個人一齊向他猛撲過去，把他撂倒在地，背朝天，手臂反剪在後，正說著先捆綁後抬進屋去還是怎麼辦時，哪知道這時施老師力大無窮，他一發力，四個人哪裡是他的對手？轟的一聲響，四個人個個人仰馬翻，統統四腳朝天躺倒在地，真像武俠電影片中表演的那樣神奇。施老師一躍而起，一個箭步，一把抓住他妻子，如老鷹抓小雞一般，不費吹灰之力將她按倒在地，她妻子哭喊著哀求：「放開我，放開我！」他回答她：「神道風來了！神道風來了！」輕輕一扯，她妻子的上衣完全撕裂，左手趁勢在她乳房上亂摸亂揉，右手抓一把，將她的外褲內褲一齊扒光，就沒頭沒腦的當眾幹起人人都幹又人人諱莫如深的那種傻事來了，猛猛地插入瘋狂地抽送一陣子，大眾傻不楞瞪地釘在原地觀看。施老師忽然像一頭被屠夫的尖刀刺入心臟放盡鮮血的蠢豬喘著粗氣，四肢無力，軟癱地壓在她妻子身上，好像行將死去。觀眾們被眼前這一幕原始的瘋狂的性虐狂驚嚇得不由自己，母親們來不及遮掩小孩兒們的眼睛或背過臉去，就讓他們的第二代被迫過早地目睹了這場人間惡作劇。施老師的妻子從迷茫中痛楚中醒來，哭喊著坐起來站起來跑向宅溝邊企圖投水自盡。被宅上幾位大嫂好不容易勸阻住了，半扶半推進屋子裡去了。施老師現在像一堆爛肉，由兩個壯漢將他扶起並一夾送進屋子，平放在床上，昏睡過去。

施老師怎麼突然發瘋了？村裡男男女女不解地互相詰問又層出不窮地給出答案，議論紛紛。其實，施老師從小時候起膽子就小，一看反右派這陣仗，腿發軟，心驚膽顫，整天悶聲不吭地嘀咕著自己的歷史問題要不要交代？交代了會不會挨鬥？會不會戴右派分子帽子？會不會還讓我留在學校教書？會不會去勞改？……問題太多了，壓得他喘不過氣來，又沒有一個靠得住的知心人可以商量，王老師李老師都靠不住了，看那些大字報的署名就明白了，昔日的朋友往往都是最積極的揭發人，人人自危，都願意向黨表示靠攏，還不挖空心思揭發檢舉別人？尤其是朋友輩如果已出了問題的，更要拼命檢舉揭發不遺餘力，以劃清界線保全自己。情急之中往往難免誇大事實，甚至發生無中生有、造謠害人的毛病來，因為那種特殊環境正是培育滋生極端自私的細菌和病毒的溫床，再因為這個社會在一種軌道一種模式上駕輕就熟地走習慣了，這種鄙行幾乎成了一種暢通無阻的潛規則，社會甚至從來不曾想過是否應該有懲治誣陷之罪，不是民間流傳著一個慘烈的笑談麼：八分錢一張郵票寄一封匿名信，能把一個好人徹查個底朝天，害得你半死。之所以演出那麼多冤情冤案，最根本的出發點是他們相信告密者，視告密者為自己人，順理成章地必定對被害之人窮追猛打不放，大有寧可錯殺三千，也不放走一個的架勢。施老師心存僥倖過關的念頭，又時時刻刻分分秒秒放心不下，當他目擊了令狐老師的下場，他一下子精神崩潰了，再也頂不住，懼怕隱瞞不下去了，在他眼前已經預示著等待他悲慘下場的一幕，終於他被他自己逼瘋了！與社會與革命形勢的關係大不大？你聽聽事情的起因本來不算太繁雜，施老師大概在十年前讀高中時，他被集體發展為三青團團員，三青團大約是國民黨的週邊組織吧，加入之後，他不記得做過什麼大不了的反共勾當，他應該是個一般分子，不是骨幹分子吧，其實他也有點糊塗，記不太清楚了。不過在群眾運動火頭上，這個記不太清楚呀，糊塗呀，是最最要不得的辭彙，群眾最希望你記得清楚，交代的罪行越多越好，即使在棍棒侍候下的胡編亂造，都會表揚你態度好，誘惑你交代個沒完沒了。施老師瘋了的消息傳到學校，全校傳開了他的笑話神話，領導也沒再派人來追究過。

鄉下有蚊子，掛蚊帳防蚊子，施老師昏睡了三個白天兩個夜晚終於醒來了，迷迷糊糊睜開半個眼望著蚊帳頂，盯著蚊帳左上角一隻吸飽了鮮血肚子脹鼓鼓的大蚊子，突然發急叫喊：「鬼來了！鬼來了！」立刻跳將起來，抓蚊子扯蚊帳捉魔鬼。只因精力不濟，又倒在床上翻白眼，哭哭啼啼鬧騰不已，「鬼來了！鬼來了！」看出他很害怕，身子直發抖。只好找來粗紗繩將他捆了雙手，輕輕攏住了雙腳，免得他滿世界鬧騰，又不傷害他的皮肉。施老師時而昏睡時而醒來，醒時除了吃飯喝水，就是一派胡言，他說門背後床底下藏了兩個魔鬼，一男一女，又說蚊帳左上角躲著三個妖怪，二女一男竊竊私語，商量著怎麼陷害於他，時不時大叫「鬼來了！鬼來了！」神神鬼鬼，弄得家裡雞犬不寧，沒法子想，請來幾個宗族裡的壯漢陪夜，說是為壯壯陽氣，驅驅魔鬼。轉眼間過了一個星期，也不見一星半點轉好，由施老師的父母作主從鄰村秀山村請來一班捉鬼隊為兒子驅魔捉鬼，這也是鄉間沒有辦法中的辦法，有病亂投醫麼！鬼不鬼的，眼看著鬧騰得家不像家，人人驚恐，尤其夜晚點燈後，煤油燈火苗忽悠忽悠，真的像鬼從旁邊經過似的，你說嚇人不嚇人？施老師兩個七歲的雙胞胎女兒和一個三歲的兒子嚇得要命，早躲到祖母家去吃住。專業捉鬼隊請來了，一共九、十條壯漢，領頭的看上去有五十多歲年紀，五短身材，結實有力，棗紅偏黑色的臉盤上長了一把花白絡腮鬍子，神情嚴肅，頗有一股蕭索殺氣。他們傍晚到達，先在宅前宅後竹林裡勘察一番，然後在宅前空場上鋪四大塊蘆葦編織的席片，拼成正圓形，仔細一看才明白這是一幅用白色和黑色繪圖而精心製作成的標準的太極圖，無論近看或遠視都十分壯觀，在當時我們鄉下人眼裡真是難得一見的好把戲。招待他們一夥人大魚大肉飽餐一頓，天黑不過半個時辰，鄉間已經顯得十分寧靜，絕無嘈雜人聲，只聞蟲鳴聲和紡織娘的織梭聲，一片天人合一的佳境。捉鬼隊一班人齊發一聲喊，不知從哪裡突然竄出跳到太極圖上，把領頭的團團圍住，這才看清他們個個上身赤膊，胯下兜一塊黑色遮羞布擋住了男根，光腿光腳，極似日本國的相撲者，只是個頭沒那麼大也沒那麼肥壯，頭上戴著奇形怪狀的帽子，都是草編的，塗了紅色、黃色、綠色、藍色、白色等各種條紋的圈圈的三角形的不規則圖形，臉上也塗了一塊黃、一塊紅、一條綠、一條紫等各種色塊，製造出一種恐怖神秘的氣氛。他們一班人個個手執長短武器，大刀、長劍、鐵錘、戈、戟、斧等等……每個武器上都套有幾圈鐵環銅環，揮動時或搖動時發出叮噹晃啷雜亂無章的刺耳噪音。領頭者雙臂向上高舉，右手握著長劍刺向夜空，仰天向祖師爺太上老君祈禱，口中喃喃連篇咒語，平常人一字一句也休想聽清，兩三分鐘過後，他右手裡的劍鋒在夜空中劃了一個大圓圈，閃閃發亮，同時聽他口吐真言：「斥！斥！斥！斥！」捉鬼隊一班人齊吼殺——殺——殺聲，聲震蒼穹，地動山搖，宅上房舍都感覺輕微搖曳，冥冥中似有神助。領頭者在前，帶領一班人繞到宅後，在竹林地奔跑跳踏，揮戈刺劍，與魔鬼作搏鬥厮殺，獲勝後旋即返回宅子，房前屋後縱情搜尋殺戳魔鬼，刀槍鐵環齊發叮叮噹噹似古戰場混殺之聲，他們一班人又時不時大吼，斥！斥！斥！令——！搜查完畢整個宅子，逕直衝擊施老師家裡，先在堂屋裡殺鬼，每個角落都用刀槍刺到，然後搜索到竈屋間，也是一無遺漏地殺鬼，哪怕躲避在竈堂裡的小鬼也一個不留，最後一齊擁進臥房，門口兩人把守，他人尋遍每一個角落，眠床底下眠床背後和梳粧檯、馬桶箱、座椅、衣櫃、衣箱……無一處遺漏，都用刀戟刺戳，令無一鬼魅能脫逃；領頭人直逼施老師的眠床，長劍在他蚊帳裡來回左右上下十方斬殺，多有所獲，最終他左手抓住魔頭衣領，右手揮劍，飛奔出屋門外，將魔頭一把摔出去，重重跌倒在太極圖形蘆葦席上，一班人蜂擁而上，將魔頭困守在中央，水泄不通，真是個上天無路、入地無門，又齊聲發喊：「斥！斥！斥！令——！」刀槍劍戟戈兵器一齊向魔頭暴雨般傾瀉下去，斬殺一通，魔頭形神全滅，再不會出來禍害人間，也不會附著到施老師的身軀上了。這時全場各種兵器一齊臨空揮動，夾雜著喊聲響徹夜空，威震海宇，魔鬼全滅。捉鬼隊一班人雄糾糾氣昂昂大踏步揚長而去。當領頭者衝向施老師眠床捉鬼時，施老師已經嚇得面如土色，直打哆嗦，冷汗淋漓，也不知究竟是剛才那一陣折騰把他嚇著了，還是附在他身上的鬼魅被殺而離他去了呢？局外人真個不得而知，總之，施老師這一夜倒是安睡無話。

第二天早晨太陽升起八丈高，施老師似乎醒來了，剛睜開眼一會兒又閉上了，乏力得很，那是當然的。這十幾天下來，消耗了他多少精力，真個無法估量，本來不算壯實的他，現在更是消瘦得縮小了一圈，面黃肌瘦，眼窩凹陷，頭髮蓬亂如雞窩，完全變了一個人，失盡一個教書先生的風範不說。他知道要正常喝水吃飯了，不胡言亂語，不喊鬼來了，不鬧鬼了！真是謝天謝地！家裡總算一天天安靜下來了，不必整天提心吊膽度日子。可是施老師從此失憶了，又很少說話，從不主動招呼人或問什麼人和事，全然像個傻子，就像鄉下人說的一架造糞機器。他一點不記得他曾經教過書上過課，他現在也不認識一個字，見了父母親視若無睹，妻子兒女在他身畔，視同世間萬物，毫無區別，一無反應。據說他教書的那個學校聽說施老師一場瘋病後成了傻子，真的也沒有再來找過他一點一滴麻煩，當然也不會再請他去上課。施老師的傻子失憶生活又過了三、四年，究竟是禍兮還是福兮？各說不一，後來患肺癌離開了這世界，煙消雲散，偶然有人提起施老師的名，他的妻子總是漠然相對，臉上浮現一絲淡淡的輕飄飄的苦笑。本來施老師的故事講到這兒該結束了，不過還有個小小的插曲理應記下一筆，以供人類學、神經學、遺傳學、基因學和性學專家諸君和一般普通讀

僅存小鎮的一條老街，南北走向約二里許。傳說最早建築年代屬明朝萬曆年間，型制未做大改變。石街兩側鱗次櫛比的平房，似鋪面，現在仍住人家。有幾個窗戶洞開，傳出搓麻將聲響。小貓小狗懶洋洋的躺在石街上機車畔享受春日的陽光。石條下是排水溝，承接從屋檐流淌下來的雨水，家家戶戶排出的污水，真是太聰明的設計，這可是五百多年前的事呵！（2009年春季攝）

者一則研究資料，還記得施老師從學校飛奔到家發瘋那個日子嗎？他在宅前空地上當著一眾男女老少抓住她妻子瘋狂性交，天曉得竟然一次擊中，十月懷胞後他妻生下一女，這小女子長得很特別，小耳小眼小鼻，鼻孔朝天，大嘴巴，膚色黝黑，身材矮小，個性孤僻，卻智力超常，精力過人，初中高中一路讀下去毫不費勁，後來闖京城謀事做，她母親年老力衰之後，這小女兒按季度匯款供她母親日常家用，從不失缺，直至她老母九十二歸西為止。但她闖入京城之後，再沒有回故里省親訪友，也秘密她的住地和電話等一切資訊，斷絕與鄉間所有往來，儼然是一位獨行女俠客。有鄉里人猜測，她父親發瘋那天性交太過激動，射出的精子超常超強，甚至找不到恰當的語言文字描述之形容之，這種超常強度的基因給生命的形成的作用，卻尚未被現代各門各類各行形形色色的專家和科學家們破譯。倘若有朝一日一旦被破譯並能控制的話，人類的未來狀況真將不堪設想。

第四部

命已定

驚心動魄翻雲覆雨的反右派鬥爭運動以鑼鼓喧天紅旗迎風招展收場，現在輪到班級裡團員積極分子們登場，收拾他們眼中的落後分子了。昔日的令狐老師去勞改農場了，新班主任胡新權正如他的名字那樣春風得意，新的權貴新的權威新的權力集於一身，還有新的妻子這一項也不能不提到的。有一天，我班青年團支部書記苟文通約我談話，問我：「通過這次偉大的反右派運動，你思想上有哪些收穫？」

我答：「沒有想過。」

他聽了老大不高興，抱怨說：「那怎麼行呢！這麼偉大的政治運動竟然對你沒有觸動？」被他這麼一提，我想也是的，說觸動也真是有觸動，眼看著昨天還在給我們上課的老師，今天突然間變成了右派分子，不准他們上課，命令他們去挖河泥、做苦工，有的去了勞改農場勞改，除非真的得了神經麻木症，一無感覺，抑或故意忘卻，裝作視而不見，聽而不聞，明哲保身，得過且過，才能渾渾噩噩度日。

我即刻回答：「是啊！不知令狐老師他們去勞改農場怎樣了？也不曉得他們什麼時候才能回學校來給我們上課？」這是我不假思索坦率想到的，就照直說出來了。

苟文通聽了並沒有露出驚訝的神色，換了一種口吻繼續追問我：「在思想裡有什麼經驗和教訓呢？」

我經不起他言語的引誘，冒傻氣說：「說話要小心，弄不好會出大問題。」

他真有耐心，繼續引導我：「幫助黨整風，就應該想到什麼就說什麼，有什麼問題好出？」

我想怎麼沒有什麼問題？令狐老師、耿老師、蔡老師、董老師他們去了勞改農場，什麼時候才能回來？這就是出了問題麼。我在那兒發呆，沒說話。

荀文書看我發呆，就繼續啟發我：「你的思想不開展，思想不求進步，經常和幾個落後的同學在一起，這樣不好。我好心告訴你，要多和我們團員交朋友，談思想求進步，你懂我的意思嗎？」

我吱吱唔唔，大概意思是我懂，也不懂。

他又說了：「你懂？我看你不懂。你剛才還問我這個那個右派分子什麼時候回來上課，真是糊塗，做白日夢。從思想傾向性說，你有同情右派分子的思想情緒，你不從思想上同他們劃清界線，也不批判他們，反而懷念他們，還盼望他們何時回來何時上課。我要正告你，你盼望的那一天永遠不會到來，我看你快要滾到右派分子那一邊去了。」他越說越激昂慷慨，聲調也提到了高八度。

我覺得他真的動氣了，沒有一開始那種耐心勁。他又說教了好一會兒，我卻什麼也沒聽見，對不起，我走神了。在我眼前又浮現出右派老師們那天清晨被強行帶走的那一刻那一幕，縣人武部的人穿了褪色黃軍裝，手槍別在皮帶上很顯眼，表情嚴厲兇狠得要命，雖說沒有手執鋼鞭皮鞭什麼的，卻像趕牲口一般發出簡短又強硬的口令：「起步走！跟上！快走！」右派老師們排成一路縱隊，背著背包，手提一隻網線袋，裡面塞滿了洋鐵皮面盆、牙缸、飯盆和鞋子等等雜物，個個垂頭喪氣又不敢落後地緊跟隊伍，走向何方？大場勞改農場，蘇北著名的勞改農場。估計步行四個白天，才能到達目的地。天蒼蒼地茫茫，低頭只見這群特殊的牛羊，好長的隊伍，浩浩蕩蕩，白頭黑頭混雜，老年中年都有，教師、資本家、商人、各色人等均占，全縣右派分子大集合大檢閱。送行的人群更淒慘，白髮老太婆杵了拐棒，懷抱嬰孩的婦人，邊走邊泣，手牽手的姐妹兄弟，哭喊聲絡繹不絕，但聲不震天，抑制著，畢竟不敢驚動上蒼，還是泣飲者居多，理智控制住、壓制住、關住了感情的閘門，一切都在有限度有序中進行。只有一個特例，一對雙胞胎女孩毫無顧忌地放聲大哭，嘶聲咧叫「媽媽！媽媽！」她們的媽媽回頭看了看，堅毅地扭過頭前行，而且再也沒有回頭過來，繼續跟在她的右派分子勞改隊伍裡。看上去這對雙胞胎不過四、五歲，緊緊抱住外婆雙膝不放，一邊一個，外婆隨後蹲下來摟抱住她倆，一聲不吭，淚流滿面，順著臉頰、鼻溝流下滴到前胸衣襟上，濕了一大片。人間慘劇，從太陽剛要升起時就開始上演，沒有一個人敢於阻止能夠阻止，神情麻木至極，呆呆地看著這群牛羊被那群狼從眼皮底下叼走。魯迅筆下閏土一類人物依然存在，而且隊伍已經壯大，精神麻木的程度並沒有絲毫減輕，甚至有過之而無不及，因為他們又被加了一層壓制。更有一批積極革命分子呼喊革命口號，一人領喊大眾隨聲附和，憤怒的拳頭伸向空中，定叫右派分子們聞聲喪膽，這股力量較之閏土們的漠然來更可怕，隱匿其中的危害性更強更深。在那革命熱浪洶湧澎湃氛圍中，獨立思考成了真正的奢侈品，也是最要命的危險品，因之順理成章地衍變成了罪狀。我被苟支書一拉扯我的手臂而回過神來，看見他就站在我面前，雙眼圓睜著，口大張著，表情嚴厲兇狠得像貴州儺戲的面具，正對著我……。

我的幾個球友無一例外地都被苟團支書分別訓斥過了一番，大家都很沮喪，內心也的確有些害怕，不知道他們明天怎樣對付我和我們。其實我們幾個同學就是喜歡在一起打打籃球，根本不懂何為政治，從來不談政治，天真無邪，不諳世事。可是苟支書他們認為你不向他彙報思想，就是不靠近團組織，就懷疑你有二心，容不得你們幾個人要好，就誣陷你們為小集團，再在前面加上「思想落後」四個字的前置詞，就被構陷為思想落後的小集團。這是他們的邏輯，也是一樁生命攸關的大事啊！你也許不明白也許不相信真像我說的攸關生命那麼厲害嗎？告訴你一則真實故事，你就不得不信了。

我的一位遠房親戚比我大一歲，就在去年被遣送到新疆石河子農場勞動教養去了，跟勞改犯相差無幾，只因他未滿十八足歲，改叫勞動教養，聽起來似乎比罪犯好一點兒。起因說來也極簡單，他在上海普陀區讀高中，下課後常跟弄堂裡的同齡人一起玩，碰見里弄幹部從不陪笑臉，也不會阿姨長阿姨短的溜虛拍馬幾句，背不住反倒自恃小聰明在背後戲謔兩句，哪曉得里弄幹部的耳朵長著呢，她們自己沒聽見，自有別人會告訴、彙報給他們聽的，上海小市民習慣背後嘰嘰喳喳，幹個告密的勾當不當一會子事，他和他的同伴們卻一無所知，完全蒙在鼓裡。里弄幹部聽了小報告，面上照舊嘻嘻哈哈，心上卻已記下一筆，不動聲色。七一節前夕，市里統一開展打擊阿飛流氓，整頓社會治安運動，她們嗅覺特別靈敏，認定時機來了，正好將這幫小青年——一共四人統統送去祭旗。我的這位遠親不能倖免，一個夜半時分從床上被公安局抓走，不分清紅皂白第二天早晨統統關進開往新疆石河子的棚式專列火車，蒸汽機火車頭一聲長鳴，劃破上海市閘北區棚戶區上空密密層層的烏雲，轟隆隆巨輪滾動，滿載著近千名青春生命投向中國大西北的邊陲。這一去，直到二十五年後我的這位遠親才被放出，又費了許許多多周折，托要人送重禮走後門，千辛萬苦終於潛回上海亭子間過活，沒上上戶口，先過黑戶生活，買不起上海戶口，黑市開價好幾十萬。好端端一個青年人一批青年人的青春年華就這樣付之東流水，你告訴我找誰討還公道？這是一個冤無頭債無主摸不透的黑洞社會。當年的里弄幹部死的死了，老的老了，你說找公安局，局長像走馬燈似的，已經換了好幾茬，升官發財去了。即使你運氣好，被你找到其中一任局長，准保他一推三二五，沒結果；找檔案，卷宗本不全，也許這類勾當根本沒立檔，更是無據可查，無冤可申。好在有我大漢民族忍氣吞聲，好死不如賴活的生活美德滋養，所以樂得隨眾人快快活活地苟且偷生，活一天是一天，能活兩天總比一天的強。這是我漢民族綿延不絕幾千年的信條，也是步步墜落的安眠藥。

前些天讀閒書，南方有個陳教授，據說是畫家陳師曾的兄弟，上世紀五十年代初，京城派人去請他北上當什麼研究所所長，你猜他對派去請他的人說什麼？他提出兩個條件：一個是研究所裡不能成立黨組織，二是研究所裡的一切事他一人說了算。派去請他的人聽了沒尿褲還算不錯，回到京城戰戰兢兢一彙報，惹一身騷，被臭罵一頓，險些降職摘去戴翎。這個陳教授得罪大人了，被欽定為帶著花崗岩腦袋去見上帝的人。後來，他確實於一九六九年文化大革命鬥爭中被折磨死去的，好像上帝沒接見他，他似乎不是天主教也不是基督教徒。我說這位陳教授，還是個歷史學大家，怎麼犯迷糊了？人家抬舉你當個所長，卻不知趣，自以為了不得，想當大王不是？不准黨組織在研究所活動，且不說你目中無黨，也太無常識了。回想我當年讀小學四年級時就有少年隊組織了，脖子上繫一塊三角形的紅布，正式名為紅領巾。後來上初中，班上過半數的人都光榮地加入了少年隊，戴了鮮紅色的紅領巾，據隊裡人講，這是用革命烈士的鮮血染成的紅色，聽起來真可怕。但是人人這麼說天天這麼教導，聽多了就麻木了接受了，也不感覺可怕了，甚至於也真感覺有點兒光榮什麼的了。人的神經系統其實脆弱得可憐，灌多了灌久了，重複地不厭其煩地灌灌灌，就認了，就變為他自己的了，真是罕有不被征服的。少年隊組織系統清晰分明，什麼大隊長、中隊長、小隊長一級一級等級觀念清清楚楚，每個小隊七、八、十來個人不等，實行三三制，三小隊為一中隊，三中隊進為一大隊，學校被分成好幾個大隊，所以又設有更高層級的總大隊長一人，副總大隊長若干人。還時常組織一些活動，也開會學習，像模像樣的。怕大家認不清你是一般隊員還是隊長，所以隊長們左手上臂衣袖上別一塊約長三寸寬二寸的白臂章，白臂章上劃一紅杠為小隊長，劃二紅杠為中隊長，劃三紅杠為大隊長。當然大中小隊長都有副職，可惜從臂章上分不出正副職了，混為一體。這些大大中中小小隊長們聯結在一起就成為一個組織，這組織每個班級都有，地義天經，從小就被灌輸個人隸屬於某組織。升入初中少年隊繼續存在，還挑選少年隊中出群拔萃者各班成立青年團組織，至少三人為一團小組，多至七、八人，幾個團小組之上級叫團支部，再往上叫團總支部或團委員會，完全仿照黨的編制組織起來，又按上書記、委員、組長等等七七八八的等級名堂，嚴格實行下級服從上級的管理制度。昨天不小心聽到新聞裡報稱全中國現在共有七千萬個團員，但在我讀初中時，絕對不會有如此龐大的數字，因為那時候全國總人口也不超過五億呢。不管怎麼說，我也是戴過紅領巾的，好像正讀初二年級時，花了一角五分錢買了一條紅領巾，太無新鮮感興奮感了，一點也不激動。因為我們班要實現全班少年隊化，不落下一個人，人人都是少年隊員，個個戴上紅領巾，全班紅，紅一片，所以一下子把我們十八位同學一次集體發展加入少年隊，個個成為光榮的少年隊隊員。豈不知個個都是少年隊員，人人一樣了，就顯不出差別，也就談不上光榮不光榮和先進不先進了，都拉平了麼！直到高一年級，班上只有三位同學未超齡，我是其中之一，有時興趣一來，或因什麼事引我心頭一高興，就從課桌角落裡拉出紅領巾，皺褶褶的往脖子上一套，拿來開開心啦！誰也不敢說三道四，超齡人是不允許再戴紅領巾的。在這時戴紅領巾成了我絕少稀有的特權，而且已不隸屬於哪一個大中小隊長管轄了，完完全全的一名散兵游勇。據我估計陳教授當時已過了知天命之年，讓你當所長，至少相當於十四、五級大幹部了，怎麼直截了當地說出這些往輕地說叫不得體，往嚴重地說叫不知天高地厚、犯忌的話來呢！他真的要好好學習，改造思想，到我們中小學校來補補課，免得日後到社會上犯錯，混不下去，終究不得好下場。所以麼，乖巧者早就指出過政治思想教育要從小抓起，懂得時時事事一定要依靠隊組織團組織直至黨組織，組織的力量無窮大無邊大。忽然記起大前年從鄉村去趟京裡，在王大人胡同口正巧遇見我熟悉的少數京裡人之一，戲稱為小腳老太太劉嫂，劉嫂靠近我神秘地又滿心喜悅地拉住我右手衣袖小聲告訴我：「倪師傅，我在組織呢！」讀者諸君，你懂她說什麼意思？猜猜看，沒猜著，待我大聲翻譯給你聽，她說：她光榮地加入了偉大光榮正確的共和黨了。在組織，這是組織裡的人稱呼組織最親切最貼心的詞兒，好像封建時代避皇帝陛下之諱一般，不願也不敢從上下兩片嘴唇中吐出這三個音，乾脆簡稱黨——黨——黨的。

反右派運動取得了偉大勝利，乘勝追擊，為體驗工農業各條戰線的偉大成果，在全國又掀起一個大躍進運動，大放衛星。農村裡，一夜之間水稻畝產從三、五百斤起躍進，一直向上飆升，一千斤二千斤五千斤，上萬斤，二萬斤五萬斤八萬斤，十萬斤，才打住了，有些像現今拍賣場拼搶，最後水稻以畝產十萬斤的超高產量，將全中國水稻衛星捧上天了。有些老農陰陽怪氣地吹陰風，說十萬斤稻穀平攤在一畝地面上，至少也要一、兩尺厚啊！哈哈哈！怎麼長呀？縣農業科學研究所在馬路旁的稻田裡開種試驗田，給農民做示範。他們向黨表決心：爭做促進派，打破促退派的爛言胡語。你猜他們怎麼做？大量施氮肥，當年施化學肥料也算是一件新事物，對新鮮事物的態度可不簡單就事論事，都要提高到政治態度來認識的，簡稱上綱上線，就是唱高調，說昏話。氮肥過足，稻杆長得太高，沒勁，風一吹就東倒西歪，怎麼辦？就加搭竹架子把它扶住，農民真沒見過有這麼蠻幹的，看了，笑嘻嘻不說話。因為要達到畝產十萬斤，所以稻秧插得密密麻麻，陽光根本照不進去，不能起光合作用，又怎麼辦？就把日光燈架到稻田裡，比如稻杆高一米二十釐米，就在一米高處從南到北一根接一根按上日光燈，白天黑夜不關燈以延長光照時間，防止稻杆黴爛。完全是一派胡作非為，完全是瘋子所為。農民們上縣城必經此地，停下來看看，搖搖頭吐吐舌頭走了，走遠了才議論紛紛，說俏皮話，連罵娘的都有，等著看笑話，怎麼收場？其實這麼幹的那些人心裡也都沒有數，嘴上胡編亂吹，說大話，都是說給縣裡省裡京城裡官兒聽的，他們心裡明白只求今日撿上司要聽的說，拚命獻媚，得上司歡心，上司再向上司的上司獻媚，求得上司的上司的歡心，一直向上獻媚求歡，這是升官發財、顛撲不破的舊式新式官場一條共通潛規則。倘若不信，查查古往今來的歷史上有哪個封疆大吏或七品芝麻官為此而丟了烏紗帽的？沒有啦！

學校裡也要放衛星，比如說體育怎麼放衛星？上級領導要求學生人人通過勞衛制達標測試，個個爭創三級運動員，少數爭創二級運動員一級運動員什麼的。一搞運動樣樣有指標，右派人數有個百分比放在那，體育放衛星也有個人人達標的說法。好，只要上級有指標，學校總有辦法完成，並讓上級滿意。比如勞衛制標準是單杠引體向上五次才達標，下頷超過單杠高度才算一次，突擊鍛練也不易增加次數，那怎麼辦？就降低標準，不用下頷超過單杠高度，只要拉到額頭或鼻尖高度就算一次，省卻許多臂力，這樣容易湊滿五次數目，豈不輕輕鬆鬆達標過關了？當然較真起來，這叫弄虛作假咯，不過比較起其他大型弄虛作假如水稻畝產十萬斤來，這一點不算什麼，小巫見大巫，那是完全可以忽略不計的。又比如怎麼迅速提高跳遠的成績以達標呢？竅門在測量遠度的那個人，甲同學拚命奔跑踏板起跳跌進沙坑裡，但他踏板時超出十至二十釐米，照規則應判為犯規取消這次試跳，無成績可測量，但現在為迅速達標起見，裝作沒看見犯規，心不虛理未虧地仍然從踏板前沿起測量，多量得十至二十釐米，自然跳得遠多了，甲同學當然通過達標，作為正式成績記錄下來，彙報上級，大放體育衛星，敲鑼打鼓慶祝一番。更有甚者，如賽跑如何作弊？一百米、二百米短跑，關鍵在終點揑表計時者，發令槍聲一響，他不照規則即刻揑表，故意稍為遲鈍〇點一秒至〇點五秒，甚或一、二秒，全視被測量者的水準需要決定。況且不是一錘定音，可反覆測量多次，揑表者按需要揑表，所以多跑多測幾天幾次沒有不通過不達標的，當然體育衛星也就沒有上不了天的。

再有一種發明專門用在長跑上，如跑一千五百米、三千米，白天測試通不過的學生，老師安排他們晚上練晚上測試成績，一般容易達標，這又怎樣弄虛作假呢？是這樣做的，操場標準跑道四百米一圈，從起點向前直線跑七十來米就不再沿跑道跑，提早拐彎，跑直線甩了圓弧跑道，這樣一圈至少少跑四、五十米，以跑一千五百米計算，他可能少跑二百米左右，縮短了不少秒時間，於是他達標了通過了放衛星了，學生如釋重負了，老師完成任務了，上級領導高興了，唯一略微顯得美中不足的是人間誠信被愚弄被冷落被摒棄了，學生們從幼年少年及至青年時代被群體作偽誘惑了教壞了玷污了！之所以按排在晚間進行長跑測試成績，學生可偷懶少跑多少多少米，只因天暗天黑燈光弱老師沒看見學生作弊，其實相互心知肚明，又相互依賴不會揭穿，又企求虛假的良心安定，當然都是自欺欺人。最讓我哭笑不得的還有一個場景，學校報告上級全部達標，放出體育衛星。上級派員來校驗收，所謂驗收，就是抽查，大多數驗收員也抱你好我好大家好的思想，明知你作弊，也絕不揭穿你，一是維繫人際良好和睦關係要緊，二是大放衛星是大勢所趨，識時務者為俊傑也，所以走過場的多。不過有次來了一個刺兒頭，她是另一個中學的女體育教師，她們學校離全校學生達標還差一大截，不信我們學校竟然這麼快全體達標放衛星，所以她有心認真驗收，點名要甲乙丙三人測某個項目，我們學校的體育老師心中有數，做出一副君子坦蕩蕩的樣子叫甲和丙出列爬繩測試，合格通過。他心想乙學生肯定會出醜，成績達不到規定的標準，乾脆來個瞞天過海，一本正經謊稱乙學生今天告病假，回家休息了，其實乙就站在驗收員的鼻子底下，傻不楞登的瞧著她傻笑，她不認識乙學生，所以毫不知情，活生生的被捉弄。天真無邪的學生們就這樣直接的殘忍的一次又一次被培育著被腐蝕著，而這一切又總是伴隨著歡呼聲鑼鼓聲和大紅標語、革命口號等等堂而皇之的正劇形式緊密配合演出的！

其實學校體育放衛星的假戲只是冰山一角，比較直觀和形象，在大操場光天化日之下進行，而其他學科也各有其招。讓學生在短時間裡考高分，達到令學校領導和上級滿意的成績，怎麼辦？老師會在考題上做手腳，而且又不留蛛絲馬跡可被勘破。考試前一兩週上復習課，專講重點，即可能出考題的部分內容。這還嫌不足，怕出紕漏，臨考前一天，乾脆在重點輔導的掩護下，把考題統統講出來，還不放心，就由老師正正經經一字不差地告訴你答案。比如代數考十二道題，他講了十五道題，全都涵蓋在裡面，再笨頭笨腦的學生九十分總是穩拿的。何況實在做不出，同桌同學絕不袖手旁觀不幫一手的，而監考老師也十分配合，自覺地頻頻走出教室去小解或回辦公室取一冊雜誌什麼的，即使坐在教室裡也總是埋頭閱讀什麼的。他的確沒發覺學生有何種不規不當之處，你說到底是誰何錯之有呢？沒有，誰也沒有，誰都做了他應當做的。國家也忙著呢，幾乎天天有這個省那個省的衛星上天，還有大放工業農業國防等等方方面面各種特大衛星，報紙頭版頭條都是大放衛星的歡呼聲，電臺同樣在鼓噪，不甘落後，主編台長黨委書記全都是促進派。學校呢，雖小，衛星還是要放的，不能落後也不甘落後，電臺報紙天天時時教唆各行各業各單位每個個體的人力爭上游，大躍進放衛星，你身處其間不得不開動腦筋，追趕那一日千里的大好革命形勢，稍一不慎稍一放鬆，肯定落後，人人如夸父逐日一般瘋瘋顛顛，真是意氣風發，到了六億神州競勝堯的瘋狂境地。學生希望得高分數有好成績，各科老師一樣也需要學生得高分，同別的科目比，平均分數高多榮耀，是老師教得好，評先進教師優秀教師都得拿學生分數做依據，哪個老師都希望學生考分高，他們自動形成統一戰線。再說班主任更需要加入這統一戰線，將各科老師團結在一起，弄高分爭先進，全班各科平均超過九十五分，就算放衛星了，這比單科高分放衛星更吃香，這顆衛星難度大，所以更有價值，你想學生老師班主任聯合起來組成一個作弊共同體，銅牆鐵壁，眾志成城，天下無敵，果不其然。終端是學校黨委書記校長把舵掌握著航行的方向，裝聾作啞，包庇著一切污泥濁水，其實都出自其授意所為，經過一番包裝，私下活動後萬無一失地向縣政府教育局邀功，教育局正把不得放一顆大衛星急忙向省裡報喜。開大會慶祝教育衛星升天，在鑼鼓喧天，紅旗迎風招展，革命口號亂嚎的熱浪中，層層官兒們眉開眼笑，論功行賞，校長校黨委幹部有的去縣裡當官了，有一個功勞特別的去了省裡值班，班主任有的升為教導主任，有的到校黨團領導崗位上去了，總之體驗黨的英明正確偉大，上級重用提拔，令升官者們彈冠相慶，名利雙收。

高三第一學期特別緊張，時間流淌一如東流水。大煉鋼鐵，造土煤窯，建一排十幾個小高爐，鼓風機轟轟隆隆整天價響。黑夜裡老遠望過去，燒紅了半片天，師生們白天黑夜奮戰，瞎忙了好一陣子，一無收效，投進煉鋼爐的鐵鍋鐵鏟之類鐵器，經過幾小時冶煉之後出鍋全成了焦炭，鋼鐵衛星上不了天。動腦筋把小高爐縮編為三個，派出精悍人員組成突擊隊繼續煉鋼，聰明了，把砸碎的鐵器放進土小高爐裡溶化成液體狀，趕緊出爐，倒進容器裡，等它凝固復原為固體變成鋼錠，煉鐵成鋼了，煉鋼成功了，再製造一番氣氛，敲一陣鑼鼓，放一陣爆竹，吹一陣鎖吶，眾多學生狂呼口號，紅底白字橫幅布條一掛，書記校長手拿講稿照本嘶聲力竭宣讀一通，就大功告成，學生們在書記校長們帶領下排著長長的隊伍，浩浩蕩蕩到縣城大街遊走一趟，等人高的豬醬紅色粗體美術字大標語十二分醒目，一字兒排列在縣政府外面又高又威嚴的白牆上：鼓足幹勁，力爭上游，多快好省地建設社會主義！我們學生的隊伍從這大標語大字前漫不經心地走過，最後目的地是到縣政府大門口一站，早就由皂吏進去通報，一會兒縣委書記縣長等一夥人假裝滿臉堆笑地從裡面走出來，其中一人向前一步裝模作樣地接受報喜隊伍送來的小型鋼錠樣品，並對著麥克風扯開嗓子胡謅幾句時髦的套話大話，頓時一陣鼓掌聲鑼鼓亂敲聲大作，直把鋼鐵衛星送上了天才停息下來，總還有幾個掌聲稀稀拉拉落在後頭，沒有跟上，顯得不夠嚴肅和散漫。然後學生隊伍肩扛著校旗和紅綢布旗幟，拖著疲憊的步伐，七零八落、無精打采地離去，縣政府門前又恢復了先前的平靜，直至另一支報喜的到來，又重複上演剛才那一齣戲碼。

我們學生種的水稻試驗田終究沒有放出衛星來，半途而廢，不了了之，偃旗息鼓。可是農科所水稻畝產十萬斤的衛星硬是放出來了，並且上天了！全中國畝產十萬斤的衛星太多也太玄了，太不可想像了，所以後來幾年老百姓有苦頭吃了，有的報告說餓死四千萬人，也有的說不止，至少五千萬人，更有人鐵定認證，千真萬確餓死七千萬人。官方始終不吭一聲，就像根本沒有發生這樁事情一樣，任階級敵人編造謠言，迷惑眾人，我自巋然不動。

高三第二學期因上學期大煉鋼鐵、種試驗田放衛星太耽誤了時間，現在手忙腳亂了，自習課改為輔導課，晚自修延長了時間到夜半十二點鐘，一盞汽燈不夠亮，加一盞，教室裡夜夜燈火通明，全班五十多名同學都能受益，現在回想起來真是不可思議。夜課一下，直奔學校茅草大飯堂，免費供應夜宵，那是農業大躍進，糧食增產放衛星的狂熱年代，放開肚皮隨便吃，可惜這只是一個短暫的快樂時期。過不了多久就發現糧食大豐收的衛星掉地了，一瞬間由豐年變為糧荒了，接著衍變成恐慌，這裡那裡都有人餓死了。這是一個瘋狂的年代，全中國充滿空想浮誇說夢話的年代，京城裡提出十五年趕上英國超過美國的大躍進目標，普普通通的善良百姓信以為真，從井底朝天上看，天不大，就數我們這塊灰朦朦的天最藍最明朗最潔靜也最美好了。牛皮吹上天，比賽誰的牛皮吹得大吹得響亮吹得離奇荒誕，誰的本領就高，能耐足。我們這個縣教育大躍進，一夜之間掛牌開辦一個農業大學、一個工業專科，還嚷嚷著要辦什麼醫學專科學校呢！

我們那時高考先填志願後考試，把大學分為三大類，一類理工科，二類文史哲醫，三類將剩下的農商科等等統統包括在內。普遍認為一類最難也最吃香搶手，填二類志願者代數幾何物理等科目學不好者居多，三類最少有問津者，學不了一類二類學校，只好進三類學校，等於是末流的意思。說起來很好笑，我填志願時抱有極多的盲目性，我的第一志願是清華大學機械系，製造機器我喜歡。清華大學招生介紹小冊子最先寄到我們學校，彩色印刷特別搶眼，西校門白色大理石牌坊，四根石柱方正有力，襯托著靛青色琉璃瓦沿蓋感覺素雅又大方，橫額白色大理石上鑲嵌著「清華大學」四個金色行書大字，清秀瀟灑有餘，看著看著我心裡發癢發慌，頭暈了，沒有猶豫，就是它了，清華大學成了我的第一志願。第二志願北京大學地理系，心想學地理可以到處旅行，踏遍中國各地，飽覽名山大川。第三志願大連海運學院，腦子裡轉著遠洋航行五大洲四大洋的美夢，白雲藍天，萬頃碧波一類遐想不著邊際，當時著實左右了我年輕無知的心。我就這般糊塗、輕率地填了三大志願。班上同學可比我清醒不了多少，因為資訊介紹有限，根本搞不清楚這個系那個系的特長和差別，大多看名氣大小，還有就是靠懵，只有極少數人清醒得不得了，待到錄取通知書寄到時才真相大白。為高考我們都被集中到南通市去，這是我第一次出海門縣界，也是生平第一次坐汽車，可受罪啦！燒柴油，那個氣味實在不習慣，暈車，還好未大吐，另外三位同學比我嚴重多了，幾乎把苦膽都吐出來了，面色灰白如水泥，吃足了苦頭。三天考下來，自我感覺不錯。哪知到了放榜時，第一批錄取通知書沒有我的份，只好耐心等待。過了一週，第二批錄取通知書寄到，打開一看，啊喲喲，我被分配到一個我沒填志願的學校，校名叫南通農業專科學校，學制三年，校址在南通市南邊十八里路程的狼山腳下，原是一所中等技術學校，托大躍進放衛星之福，輕手輕腳把它改寫成大專了，教育設施設備紋絲不動，教材照舊，教師沒增一個也沒裁一個，全是騙人花樣精。我不相信我這回高考成績如此下三濫，但苦於無法查到我的高考分數，那個時代規定考分保密，全是暗箱作業。我的幾位好友下場和我一樣慘，一個去醫專，兩個去師專，還有一個去揚州讀郵電學校，郵電學院不像現今吃香得很，想進去要高分，那時的郵電學校門可羅雀，少有人報名，也是蹩腳學校。所以我越想越覺得不對勁，其中必有蹊蹺，我們幾個好朋友都被謀害了。可是人家怎麼做手腳，我說不出一二三來，盡憑臆測，拿不出一點真憑實據，沒法說服人，更沒有地方論理去，這就應了一句古諺：啞巴吃黃連，有苦說不出。我吃這黃連之苦五十年，始終找不到證據，也沒有心意找證據。其實後來又吃過黃連，新黃連之苦味逐漸令老黃連苦味退去，慢慢淡忘。我從來也沒有聽從聖人教誨：明知不可為而為之。下定決心，不怕犧牲，排除萬難去弄個水落石出，找出事實真相來。平日裡我這人畏難偷懶，自求平安，得過且過度日，卻也還沒有到遺忘得一無痕跡的地步，總留一絲清淡的苦澀的記憶在腦海中某個角落裡。五十年後在一個不可思議的集會裡，又應了一句諺語：踏遍鐵鞋無覓處，拾來全不費功夫。那天的事真像神祇顯靈。我們七人一桌吃飯，都是海門中學高三甲班同窗，我和他們近五十年未謀面，其餘幾人之間大約也有十來年不見面了，現今都已退休在家，安享天年，可以想見這種場合氣氛好極了，嘻嘻哈哈一團和氣，盡說些不著邊際沒有意義掉頭即忘的閒話廢話和好聽的不傷和氣的話。桌面上盤疊盤，碗疊碗，雞骨魚刺隨處亂撒，海湖牌啤酒瓶在桌底下南北東西亂滾，正值此酒酣朦朧之際，坐在我左側的欒同學湊過來問我：「你可知道當年為什麼有不少同學那麼慘，被分配到那種學校去嗎？」

被他這一問一刺激，五十年前我的疑問突然清晰再現，何況我又沒喝一滴酒，立即清醒不過地回答：「不知道。」

欒同學又說：「據說當年班團支部起了重要作用，丁班朱冠中就是被他們班團支部害的，大學沒考上，憑他平日的成績上江蘇師範學院一無問題。」

我好奇地問他為什麼拿出江蘇師範學院來作例子？他回答我：「他和我是好朋友，雖然他在丁班我在甲班，課下我們交流很多，交情也深，他的學習成績比我好，文學根基比我強，我都被江蘇師範學院錄取了，憑他的成績足足有餘。」

我追問：「照你這麼說團支部害他上不了大學，錄取的權力在大學，一個小小的高中團支部怎麼害他？難於相信。」

欒同學把椅子移了移，我們更靠近些，他帶著些許激昂和不平的語氣告訴我：「這個你就不知道了，還被朦在鼓裡。你還記不記得我們臨畢業前，每個人都要寫一份政治思想小結？交給團支部幾個委員審查。他們幾個人為每一位同學寫一份政治思想鑒定，寫什麼內容，我們本人不知道，裝在檔案袋裡，決定了你的命運。」

我覺得這樣說有點玄，我們的命運被這幾個人操縱？想不通。隨口問：「就這麼定了？」

欒同學小聲說：「沒完。他們幾個人寫的政治思想鑒定交給班主任胡新權，由他改定簽字，最後定案。所以團支部幾個人是第一關，班主任是第二關，這兩關給你寫什麼是什麼，就已經決定了你考大學的命運。」

「我還有不明白之處，他們寫的那個見不得人的東西，大學錄取與否的標準是考生的高考分數，兩者風牛馬不相及。」我據理推論道。

欒同學笑了笑，繼續說：「這個政治思想鑒定分三類，一類品學兼優，特別突出，不用參加高考，保送入大學，丙班邱雙喜就是保送去人大政治系的，你忘掉啦？他爹是縣委副書記，你大概不知道。二類學生思想進步，政治表現好，憑考試分數可錄取省級和中央級學校。三類學生思想落後，不管其考分高下，只可被專區級和縣辦的學校如南通、海門的學校錄取。再有個別政治思想反動的學生不論考分多高，一律不予錄取，如朱冠中就是。」

欒同學說完盯著，似乎問我：「明白了嗎？」我被他這一席我聞所未聞的談話弄得暈頭轉向，是真的嗎？實不相瞞，我一時不敢置信，在我原先的疑問上面又加一層疑雲，成了一個大疑團。忽然我想欒同學當年也不是團支部委員，後來讀的是江蘇師範學院中文系，這個大秘密他從何而知？來歷不明。想到這裡，我脫口問：「你怎麼會知道這底細？」

他爽快地回答：「實不相瞞，都是朱冠中告訴我的。」

「照你說朱冠中是受害者，他又怎麼會知道得那麼詳細？」

事情過去了兩年之後，朱在離他家不遠的鄉村小學謀了個代課老師職務，可巧原來丁班的團組織委員溫延東患肺病從南京回老家來休養，溫家就在朱教書的小學隔壁。有一天放晚學，朱送孩子們走了，正要轉身回去拿個包回家去，溫直挺挺地站在他面前，朱被這不期而遇驚愕，慌恐的情愫驟然升起。還是溫延東先開口，說明她回家休養的因由，又說明她家就在隔壁，所以經常看見朱來學校和回家去，好幾次想來相認，又都縮回去了。自從這次見面之後，他們又見過好幾次面，溫還邀朱去她家坐坐，漸漸談得還算靠近和沒有了尷尬的感覺，終於在一個星期六下午放學後，溫又邀朱去她家坐，才把上面我說的所有秘密都吐露出來。我是從朱冠中那裡聽來的，朱還說看溫延東現在良心發現，頗有悔過之心，還耽心她患肺病就是招報應來著。朱還好心勸解溫不要往那裡瞎想，不見得就是報應不報應的。又說這種對不住同學的事也不是你一個人作得了主的，為什麼報應一定會落在你身上？溫回答朱：「你等著瞧吧！不是不報，只是時候未到，到時候一個一個輪過去，只是有先有後，我們這幾個誰也逃避不過遭報應的。」

聽完欒同學這一番轉述的話語，我木木的坐著，不想什麼也不知該想什麼，目光滯鈍癡癡呆呆的看著什麼，其實什麼也沒看見。還是欒同學提醒我：「你想求證一下嗎？」

我糊塗不清地反問他：「你說什麼？怎麼求證呢？」

欒又說了一遍，並加了一句：「今天在這桌上就坐著一個證人。」

「誰？」

「曾江濤。」

「他？」

「當年的團支部宣傳委員。你忘掉啦？」

「不記得，也許是。」

「肯定是。」

「怎麼個問法？」

「由你問。」

「那好，我先起個頭，接著你具體講。」我回轉身來面對圓桌面，稍微大聲地對其他五位朋友說：「大家靜一靜，老欒有個問題想請教一下老曾呢。」

欒同學擺出一副一本正經的腔調開說：「老曾啊，事情過去幾十年了，請你回憶回憶當年我們高三畢業鑒定是怎麼做的？」曾同學強睜著酒精泡紅的眼睛盯住欒同學，好像正吃力地聽，又好像在吃力地搜索枯腸回憶，似是而非的一絲淺淺的笑意從他臉上閃過，緊接著慢慢地較大幅度地搖頭，似乎要否定這問題。欒同學及時搬出丁班朱冠中親口相告的故事做引子，一五一十，和盤托出，跟剛才對我說的內容一模一樣，只是在結語處加重了語氣，問道：「我們班是否也和丁班一樣做的？」

曾同學跟隨欒同學轉述內容的步步進展而腦袋停擺了，酒半醒了或全醒了，欒同學的話音停止了。一秒二秒三秒鐘在寂靜凝固的空氣中逝去，老同學們似醒非醒似懂非懂地屏息靜氣地陪聽，一言不發。還未等到十秒鐘過去，曾同學表情嚴肅地點頭回答：「有是有的。被你這突如其來地一問，我實在一時記不太清楚了。」頓了兩秒鐘，他又一字一字補充說：「那是班主任胡老師佈置下來的，估計也不是胡老師一人的主意，而是由學校黨委集體研究決定的。」曾江濤五十年後吐出真相，為時未晚，雖然羊已亡，牢也不必補，可是溫延東、曾江濤一類人如能洗心革面，無論何時何地都應為之叫好，理應受到歡迎鼓勵。

上文說到我從海門中學拿到錄取通知書，回到家向父母一秉告，他們吃了一驚，問我真的考得那麼糟嗎？我不敢分辯，只有自己心裡清楚，也不能讓父母親為我耽驚受怕，承認自己沒考好，所以被分配到南通農專了。倘若把我的疑慮通通倒出，事情反而衍化得十分紛亂複雜，父母親會搞不清我在讀高中時有多大多麼的問題了，所以我寧願承認自己沒考好之說，還是一種比較平穩和說得通的選擇。多說也沒用，只怪自己不好，那時候講求服從黨的統一分配政策，分給你什麼就是什麼，根本沒什麼好說的。臨近九月開學，母親為我準備好被褥和換洗的衣服，即使不情願也只好上路，沒有它途可走啊！

南通農專就在狼山山腳下東北角，學校大廚房的菜筐、醃菜大缸大罐之類雜物全貼靠著山體岩石碼放在那兒，和山體緊緊相連在一起。這狼山旁邊還有幾座山，叫軍山、劍山、黃泥山和馬鞍山，當地人總起來稱之為五山，又立了一個土不土洋不洋的木架像牌坊樣子，橫書「五山公園」四個字，儼然依仗公園的名頭也賣門票收錢，其實都是荒郊野嶺，欺侮老實人和外來的香客。當地人直來直往，壓根兒不理那一套，沒見誰掏出三分錢買一張票的。「五山公園」的收票處就設在登臨狼山東南部山腳跟前。狼山在五山兄弟中最出名，也最可愛，遊人也最多，只因為在狼山頂端有座佛寺叫廣教寺，也頗有些年頭了。香火一直挺旺，遠近百十來里的民眾都知道，不用說每逢農曆初一、十五都是人山人海，農曆四月初八日佛祖釋迦牟尼誕辰日、農曆六月十九日觀音菩薩成道日更是了得，信徒們大把大把的香從三里路外就燃著了，一路走一路念絡繹不絕，虔誠無比。狼山小鎮路兩旁鱗次櫛比搭滿了攤販棚戶香燭紙碼等種種供佛品充足，各種冷熱小食店小吃、兒童泥土玩具、紙劄玩具、布縫玩具應有盡有，小販的叫賣聲、玩雜耍的鑼鼓聲、小孩哭喊聲譜成了江南農村一首首交響樂，人人樂陶陶，個個笑顏開，就像現如今流行張掛的《清明上河圖》上虹橋附近那一塊，熱鬧非凡。這畫據說是大宋朝徽宗年間一位姓張的畫家畫的，流傳到今天少說也有九百年歷史了，怎麼過了九百年還沒破爛，有那麼堅牢的？究竟是畫在布上還是鐵皮上的，真是搞不清，稀罕得很呢。我為此還請教過我們縣裡幾位大學問智者，有說是畫在紙上，一種特別的紙，產在安徽涇縣；也有人不同意，搞錯了，產地是安徽宣城，所以叫宣紙麼，怎麼不叫徑紙呢？我想駁斥得有理呀，哪能產地在涇縣，卻叫宣紙，白讓你們宣城出名的道理？後來還有一位年長的智者，已白了頭，他告訴我這幅畫不是畫在紙上的，而是在絹上作的畫，畫界專業分類屬風俗圖。他們每個人說的都不一樣，聽口氣又都那麼肯定，每人都堅信從自己口裡講出去的都是千真萬確，不容置疑，不過我的智商再低也明白一幅畫有三種不同版本的正確答案，其中必有不怎麼正確的說法。到底聽誰的，我也沒主意，看說話的態度似乎長者實在些，有可能可靠些，當然最好的辦法自己親自出馬，跑去京城故宮博物院目睹一番，真是說大笑話了，我這鄉村小青年哪有錢為一幅畫去京城一趟？即使到了京城，清皇宮門朝哪兒開都不知道，連門都摸不著呢！還是睜眼看看狼山腳下的熱鬧場面我已經心滿意足了。鄉間傳聞廣教寺的本尊釋迦牟尼佛，左右兩側的觀世音菩薩和普賢菩薩特別靈驗，尤其觀世音菩薩經常顯靈尋聲救苦救難救眾生。如東縣離狼山百十來里，就在我們海門縣北鄰，農婦袁圓圓難產，生命危在旦夕，她丈夫連夜直奔狼山廣教寺，一路嘴不停地念「南無觀世音菩薩」，朝觀世音菩薩叩頭三百，通宵跪求母子平安，第二天清早返家仍一路口念觀世音菩薩名號不輟，他還未走進家門，老遠就聽到了嬰兒的哭啼聲，母子平安，真好靈驗。啟東人唐伯英起初不太信佛菩薩能保佑信徒，他在江南蘇州做生意，有次回啟東，擺渡過江，渡船剛離岸不到十分鐘，江中心上游突然沖來一條湧道，黑旋風驟起，伸手不見五指，把渡船沖得團團轉，失去了方向逕直往東漂，船工直喊壞了壞了，一時間慌了手腳，不知怎麼辦？乘客被這突如其來的狀況嚇壞了，小孩哭爹喊娘亂作一團，唐伯英記起觀世音菩薩

狼山，從右側面看過去約略這模樣，但已經不是舊觀了。好像她縮矮了，變胖了。山腳旁的山體上新挖了個洞，又築了個池，盛了一汪清水，人工做得太多太多了。你說這改變是好是不怎麼好或是不好，我也分不很清。反正，現時已找不到「五山公園」這塊牌子啦。這麼說說也就是存這麼個意思罷！（2009年春季攝）

普門品上有言：若為大水所漂，稱其名號，即得淺處。又曰：……入於大海，假如黑風吹其船舫，漂墮羅剎鬼國，其中若有乃至一人稱觀世音菩薩名者，是諸人等皆得解脫羅剎之難。唐就放聲頌念：大慈大悲觀世音菩薩，大慈大悲觀世音菩薩……說來奇怪，不一會兒渡船旋轉速度逐漸放慢，且有向北移動跡象，一瞬間船頭對準北岸碼頭，風去湮沒，舵工破涕為笑，嘖嘖稱奇不止，大夥都稱神助，搶先登岸。唐伯英上得岸來忘掉回家路，直奔狼山廣教寺拜佛拜觀世音菩薩滔謝不迭。狼山廣教寺觀世音菩薩靈驗的名聲不只在南通六縣地界之內，在整個蘇中範圍裡都是享大譽。現任主持演誠法師的名頭也很響亮，廣教寺幾乎與隔江相望的蘇州靈巖山寺旗鼓相當，都是佛教禪宗淨土宗的南方名寺寶剎。

到學校報到後，放下簡單不過的行李，就隨幾位初見面的新同學一起上狼山廣教寺禮佛，我們輕輕鬆鬆跳躍著拾山路石級而上，石階越往上越窄越陡，我們的速度越上越減，快爬上頂端，我的額頭已微微滲出細汗。這是我第一次走山路，我們海門人蒙受長江賜福，是典型的沖積平原，平坦坦一望無際，地平線直達天際，從未見過山更無山可爬。我們這些同學夾雜在信男善女婦孺之中到得山門前一塊大平臺上，由一色大長條青石鋪成，信眾熟練地將整把整把的佛香點燃，柱進一人來高的大銅香爐裡，強烈的香氣隨處漂散彌漫，濃濃的灰色煙霧燎繞著裊裊上升，這飛煙這香味烘托了廟宇建築和參天古松柏樹那種特有的氛圍，我舉頭仰望山門朦朦朧朧，似近若遠，似暗又明，人進人出，熙來攘往，神秘中不失娑婆世界的忙忙碌碌，似乎神人暫寄一處同生共住。跨過高高的赭紅色門檻，進得山門，迎面供一尊大肚彌勒佛坐像，肥肥胖胖，大耳垂肩，坦胸露肚，開懷暢笑，接引眾生走進佛門，進門來的南人北人窮人富人智者愚人官家平民，在彌勒佛眼裡都是芸芸眾生，一律平等，個個都是與佛有緣之人。在他座前青磚地上按放一塊半新不舊的蒲團，我見了埋頭便拜。站起身來才看清彌勒佛左右兩旁的山牆邊，立著四尊彩塑，足有丈把來高，一邊兩尊，個個怒目圓睜，足蹬地鬼，威武有餘，我仰望這些神祇頓覺自身渺小無比，身形縮小猶如天王腳下的小鬼一般。端祥護國東天王，手彈琵琶，據說他是帝釋天執掌奏樂的神，負責保護東方勝洲的人民；東天王左旁的南天王相傳住在南贍部洲，須彌山之南方的鹹海中，他手執一把利刃長劍，樂以助人增長善根，所以他的名字叫增長；與東天王南天王相對的西牆邊分別是西天王和北天王塑像，西天王的名字叫廣目，他的淨眼具有通神威力，觀察和保護牛貨洲的人民，住在須彌山之西，他手中纏繞一條龍作為標識；最末一位是北方天王多聞，右手持傘，示意有大福德，保護勝處洲居民的財富。四大天王不分白晝黑夜，春夏四時，也不論風霜雨雪，時時刻刻盡忠守職。山門後面的大雄寶殿莊嚴肅穆，黑底金色「大雄寶殿」楷書大匾鋥光敞亮，渾樸敦厚，我直愣愣地站著看了一會，才邁過高高的門檻跨進殿來，本尊釋迦牟尼大佛頭頂高肉髻幾乎快頂到大樑上了，仰望他的慈祥悲憫面相，我倒頭便拜，連叩三個響頭，待得站起身來，擁擠的人群把我擁到西南牆跟前，從這角度瞻仰釋迦本尊，感覺佛更顯慈悲度航，細微的笑容裡透露出憐憫眾生之意味，靜穆到讓我喘不過一口大氣來，我仔仔細細端祥著，他總是那般微笑那般悲憫眾生，娑婆世界盡收眼底，他心定如山不為之動，大慈大悲之胸懷廣闊無垠，任憑信眾叩頭跪拜或祈禱或有所訴求，他都一視同仁，平等眾生保佑眾生，眾信徒滿懷佛祖的蔭庇返回家中，心底裡充滿了喜悅、安穩和踏實的情愫。可惜大殿裡沒有和尚女尼誦經念佛，也許寺裡早課已過又晚課未到的緣故。這時間我們幾位同學順遂信眾人流走出山門，我返身抬頭一望，大雄寶殿之後還有一座磚塔，約摸八、九層高，每層簷外瓦片縫隙中長了好些青草，還有幾支長莖狗尾巴草特別惹人注目，那柔嫩的灰白色小花迎風搖曳，點綴著佛門清淨地，倒增添了幾分寂寥之感，恰與寺門內外熙熙攘攘、行色匆匆的塵世眾生遙相對應。

我們蹦蹦跳跳很快到了狼山腳下，大家都感覺意猶未盡，一商量又乘興去爬不遠處的黃泥山，黃泥山不及狼山一半高，東西向綿延足有半里多路，坡度小又無岩石，無稜無角，活像個大土堆，長滿了野草，黃的紅的紫的各色閑花笑盈盈隨風向我們點頭微笑，整個山形胖乎乎圓滾滾的躺臥在長江畔，根本沒有路，我們在小樹叢小雜樹及茅草叢裡穿行，披荊斬棘胡亂走了一陣，出了一身臭汗，都不想走了。有人提議去馬鞍山，說走就走，朝東南方向奔去，馬鞍山緊挨著江邊，那是座石頭山，剛要靠近，就被一塊白漆底大木牌擋住去路，橫書四個黑體粗筆大字：「軍事禁區」。我們都停住腳步，發呆地讀這四個字，「軍事禁區」四個字不是不認識不會讀，只是疑惑真的就不能進去，就這樣被它擋住了，不讓我們爬山遊玩？誰也不清楚，誰也說不準，誰也是頭一回碰上，誰也不敢去冒險。懊喪之下只有返身往回走一條路，別無選擇，誰也不說話，大概也無話可說，不知道說什麼好。後來才聽說這馬鞍山可是軍事要地，面對江面的山坡山坳裡挖了好多洞，一口一口大炮的口對準江面，和長江對岸的常熟虞山的大炮夾擊合抱，將江面嚴嚴實實封鎖住了，紙老虎美帝反動派蔣該死膽敢來犯，解放軍一舉將其殲滅，不讓反動派逆江而上威脅南京，多麼險要又重要的軍事重地，當日我們倘若不知輕重不聽警告向前亂闖，肯定出事，過後思量仍心有餘悸。更有聳人聽聞的說法，曾經發生過一位不識字的中年農民上山割草，誤闖禁區，剛要彎腰動刀，不知從哪個方向傳來「不准動！」的口令聲，也許他也沒聽明白什麼意思，只抬頭一望，依舊揮動鐮刀，這一下可慘了，砰的一槍，彈中頭顱，應聲倒在血泊之中！慘禍發生後傳言頗多，一說這兵是廣東人，南方口音重，「不准動！」沒喊得清清楚楚，所以農民沒明白，責任在兵；一說農民先錯不該入禁區割草，反方辯稱他不識字，何罪之有？一說這兵不對，就不能多喊幾次「不准動！」輕易射擊出就不對，你當兵的不是工農子弟兵麼？兒子和弟兄見了父兄犯錯就能開槍射殺他們？說得振振有詞，可是站到這士兵立場一想，也有理由呀！士兵命令農民不准動！農民非但不服從，反而揮動鐮刀繼續要割草，士兵卻以為農民揮動鐮刀要向他砍來，來不及捉摸，本能地扣動了板機，才釀成悲劇。事後人們議論來議論去，有的是時間去細想，可在當時這士兵這農民都無思想準備，情況來得突然，一失手造成千古遺憾，奪走了一位子弟兵親人的生命！誰之過？誰之罪？誰也沒有理清楚！糊里糊塗不清不楚可能是最好的處世態度。事後也沒聽說農民家人告上法庭的激烈行動，當時有法院一說嗎？不知道，其實即使有，法院會立案受理嗎？也是一個問題。這樣攀藤想下去，問題越來越多越紛繞複雜，哪兒是個頭啊！不去想它了，都是往事，陳穀子爛芝麻的小事，留些精力關心關心國家大事去吧！總之我們幾位同學叨了識「軍事禁區」四個大字的光，而且又識相，識字加識相，才平平安安的全身而退返回學校來了。也是後來的事了，狼山唯一的那條小街上常常見到穿黃軍衣的士兵的身影，他們看上去都很和氣，又不荷槍實彈，買東西也和我們老百姓一樣付錢，更不偷不搶不仗勢霸道，而且總是排成一路縱隊走路，即使只有三、五個人，看過去挺規規矩矩的。

九月初，同學們陸陸續續總算到齊了，全班四十二人一個也不少，都是來自南通專區所屬的各縣如南通、海安、如東、如皋、啟東、海門和崇明等等鄉鎮鄉村人。海門中學也來了五個，不算少了。其中兩位畢業時宣佈他們被保送到海門農大，所以沒參加高考。保送海門農大的條件是出身好，人可靠，對黨組織忠誠，讀完後準備當縣級領導幹部的。那時候情況瞬息萬變，不知什麼原因海門農大又說不辦了，所以只好把他們保送到這裡來了，一個當了團支書，另一個當了副班長，都是黨組織領導安排的。海門中學同學裡一位叫黃興中的也來了農專，對於他被發配來我一點也不感奇怪，似乎倒在意料之中，為什麼？故事得從根上講起：他在高中讀書時，已入了青年團，按常理說他的前程定了，即使不是如錦，也是十拿九穩的進個中等偏上的好大學，保證一無疑問的。可惜的是他有個小小的缺陷，喜好在他人面前表現表現自己，會說幾句好聽的順耳的話，讓班主任心裡好受，再會趕時髦寫一些當時流行的小小說之類的文字貼在壁報欄裡。班上有個女生叫呂涪的，也喜歡舞文弄墨，但底子淺顯，所以私底裡最最欣賞黃了，時而激動得不得了，連上課都難於定心聽講，癢癢的總想方設法抓機會瞟他一眼才過癮才解渴。先寫紙條傳書，繼而情書綿綿，一來一往，日子稍久，這類情事鮮有隱瞞得下去的，同學們多是睜一眼閉一眼，可說是人人皆知又人人未曾言及，他倆盡在個中，以為消息秘密無人知曉。不少世間事都是披一層輕紗細巾，變得飄飄渺渺，難於捉摸，揭開來也不過如此這般，不過人間依仗這似是而非晃晃忽忽演譯出許多紛紛揚揚的故事來了。有一回，黃給呂一封信，呂沒收好，下課時尿急往便所奔，匆忙中不慎掉到課桌旁的地面上，那是一塊疊得四四方方不足豆腐乾大小的練習本紙片，同桌的團小組長不小心去撿橡皮看見了，原以為破紙一片想扔進垃圾箱，可手指一接觸，厚厚的，仔細一看折得整整齊齊的，好奇心升起，拆開來看看，初一看，密密麻麻的小字寫了一大片，更好奇了，索性坐在椅子上看個究竟，沒看到第三行字就驚嚇住了，信中辱罵團支書是魔王，把他形容為賴蛤蟆，塌鼻樑孔朝天鰻魚嘴，團小組長趕緊將紙按原樣折疊好，藏進外衣口袋裡，若無其事地也出了教室上廁所去。到晚自修時，呂不見了這信，很著急，生怕丟了被人撿走，又很害怕不敢聲張詢問，於是奔到廁所寬衣解帶，把身上所有口袋翻個底朝天，也沒見到這信的影蹤，她開始煩躁了，氣喘噓噓，臉頰泛潮，心神不定，馬不停蹄又奔回教室，到課桌抽屜裡仔仔細細搜索，把課本作業簿一頁一頁翻遍了也沒找著，心慌得要命，快要跳到嗓子眼兒上了，但就是不敢聲張，也不敢告訴黃，自己乾著急，表面上還裝得像沒事的一樣，把物理學課本翻到十九頁，眼睛盯著看卻沒發覺課本顛倒了，假裝在復習，心裡卻亂如麻，一無頭緒，回憶收到這信之後的細微末節，一點一滴從頭想起，就是模模糊糊記不清，思想麻木了僵硬了，怪只怪自己當時太激動，現在只得坐在那兒發呆發傻。這時候團小組長湊過上半身來，試探地問她：「怎麼啦？」又不動聲色輕手輕腳地將她的物理學課本旋轉一百八十度放正了。她心虛了，耽心團小組長發現了她的隱秘，嘴巴卻硬撐著：「沒什麼！只是頭有點兒疼。」

「那早些回宿舍休息，不用上晚自修課了。」呂覺得在這裡發呆還不如回宿舍，不在別人眼皮子底下還自在些，所以順水推舟說，幫我告個假，就回宿舍去了。呂躺在床上胡思亂想，得出結論，必須儘快通知黃，免得被動。呂這邊忙於佈防堵漏，哪曉得團小組長也沒閑著，已約好晚自修課之後與團支書荀文通到東操場南頭那棵老棗樹下見面。提早五分鐘，團小組長先離開教室，團支書後腳也蹩出去了，他們一前一後來到老棗樹下，老棗樹似乎見他們常來，認識他們，可厭煩聽他們嘮叨，這麼晚了，不回宿舍睡覺去，來這裡幹麼？只聽團支書發問：「今天怎麼這麼有興致，這個時間來約我？莫非有什麼特別好事呵！」

團小組長趕緊回答：「沒有特殊情況我們就不能見見面聊聊天了？」

「不是這個意思，別誤會了。」

「人家開個玩笑麼，就不行了？」

「行行行，開個玩笑。嘿，這幾天聽見什麼啦？」

「聽倒沒聽說什麼，只是撿了一樣東西。」

「什麼東西？」

「一個紙條，不，一封信。」

「誰寫的？寫什麼？給我看。」

「別急麼，先要答應我看了不生氣。」

「不要故弄玄虛，我沉得住氣。難道你也不相信我？」

「不是這意思，因為這信上有幾句話涉及到你，我才這麼說，打個預防針，有什麼不好？」

「你有理就是了，現在可以給我看了吧？」

團小組長從口袋裡掏出折得四四方方的這封信交到團支書左手上，團支書急急忙忙打開來看，正值朔日，哪來月光？黑乎乎的怎麼看得清芝麻小字呢？團支書正想轉身尋燈光去，團小組長右手大姆指只向前輕輕一撥，手電筒光刷地亮了。樂得團支書抽出右手向她背部輕拍一下，口中讚賞：

「有你的。」

借著手電筒光照，團支書展開信紙一看，不由自主地叫道：「哈哈，是他們的情書。」再往下看，「他媽的！他媽的！」破口大罵，「操他奶奶的！」

氣氛頓時緊張起來，團小組長的手在發抖，手電筒光在搖晃，團支書命令她：「關掉！」

接著又問她：「你看過這信？」

「沒有沒有。」

「你沒有看，怎麼知道我看了會生氣？你說！」

「我看了，但不敢看完，只看到前三行那個地方就收起來了。」

「真的？」

「真的。我發誓，騙你天打五雷轟，不得好死！」

「好！好！我信你。」團支書忍不住這口冤氣，沒看完這信就匆匆將它折了，裝進他中山裝左上角的口袋中，把蓋子上的鈕扣都扣上了，用手壓一壓。手一邊扣嘴一邊罵髒話，最後氣恨恨地對團小組長說：「你等著，看我怎麼收拾這兩個混蛋！」

團小組長已經嚇得手發抖心發怵，只會連連點頭，一句話也說不出來。團支書又佈置她道：「這幾天你多注意著他倆的一舉一動，隨時向我報告。我估計他們會著急找回這封信的，就這樣，聽清楚了？」

「是，支書，我聽清楚了。」團小組長戰戰兢兢地回答。

他們倆一起離開老棗樹，消失在大操場的黑幕裡，秋露正悄悄降臨大地。

星期六下午團支部委員們在一起開會，討論在大躍進革命形勢下同學們的思想動態，團支書拐彎抹角地轉入主題：最近有的同學思想作風有問題，談情說愛，搞資產階級小資產階級情調，我們團員中也有這種情況發生，我必須提醒大家，我們青年團是黨的後備軍，共產主義接班人，不允許這種資產階級歪風刮進來，浸入我們的革命機體，我們必須對資產階級歪風邪氣作堅決地鬥爭，不能聽之任之，不能讓它在班上漫延開來。所以，這一段時間大家注意收集這類情況，彙報上來，及時分析研究。

下一個星期六下午團支部委員和團小組長們又在一起開會了，這次真是有備而來，動真格了。苟支部書記開場白第一句就問：「看看第二團小組長有什麼情況要說的？」那個在老棗樹底下早就串通好的團小組長站起來，大唱革命高調，振振有詞一番之後，就將黃興中和呂湇兩人的傳情密信事說了出來，當然她沒傻到把黃罵團支書的原話講出來，而將它隱秘不提，而且也沒有了兩星期前在老棗樹下向團支書密告時那種緊張和害怕的神情，變得表面看過去很正派的樣子，還稍微帶些氣憤的情緒，總之和她告密內容、小會氣氛揉合得恰到好處，沒有透露半點破綻。第一團小組長補充道：「我說呢，小黃這些天看上去總是心神不定，我也捉摸不出個所以然來，現在聽小劉組長這麼一介紹情況就豁然開朗了，怪不得有幾個晚自修課後小黃沒回宿舍，不知去了哪兒？很晚回來了，躺在床上不停地翻身，被我說了幾句才安靜下來的。」組織委員接過話茬問：「記不清是星期二還是星期三晚上？呂涪也是很晚才回來的，躡手躡腳爬上床，倒沒聽到在床上輾轉反側鬧我們。」「對對對！不是星期三就是星期二。」他們團支部幾個人把情況一對就全對上了，團支書還裝作很吃驚的樣子，正經危坐地開腔道：「噢，是這個樣子！再這樣下去可不得了，有損我們青年團的形象。我看分兩步進行，由宣傳委員找黃興中談一談，先把情況摸準了，不打無準備之仗麼！然後我們根據情況再開會研究一次，再作計較。看大家還有什麼意見？沒有的話，散會吧。」團幹部們魚貫著走出了教室。

宣傳委員和黃興中在單扛旁邊轉悠來轉悠去，打了好半天太極拳。宣傳委員回來向團支書一個人彙報，黃的思想很混亂也很矛盾，但總是堅守一條底線，不透露那封丟失的信的一絲一毫情況，口封得很嚴緊。怎麼辦？團支書好像自言自語又好像說給宣傳委員聽，眼睛卻盯在了電線杆似不經意地說道：「看來黃興中真的跟組織不是一條心，竟是兩股道上跑的車！」他又轉過臉來，綴著眉頭對宣傳委員佈置道：「這麼辦吧，叫他寫一份近來思想彙報給團支部，考驗他是不是向團組織交心，說實話，把問題交代出來，如果自動交代了，我們再開支委員研究下一步怎麼辦？看來非得開支部大會批評幫助不可了。不過這是後話了，先不說這些。」停了一停，「你千萬注意要他自動交代，不要提示也不要誘供。明白嗎？」

「知道啦！」

宣傳委員一五一十向黃興中傳達了荀支書的話，卻說這是團支部的意思，是組織上的意見，明明是荀支書一個人說的，就這麼一轉彎變成了組織意見，團支書團組織統一為一體，如果你不同意甚至反對團支書的意思就等同於不同意甚至反對團組織的意思，反對一個人衍變成了反對一個組織，個人等同組織，所以到處演出反右派運動和一切人間冤案來了。現在這個黃興中眼看著也要跌入到這個邏輯錯亂而又到處橫行的陷阱中去了。

宣傳委員走後，留下黃興中一人站在蘆葦蕩邊上心裡犯嘀咕，難道這封信真的被團支書拿去了？是誰交給他的呢？究竟怎麼回事麼？思前想後，不得要領。不過應該先弄清楚這不前不後，偏偏單單叫我一個人交思想彙報，這裡一定有名堂，隱藏禍害啊！這一想，心裡陡然收緊一陣，不得了，他們要拿我開刀下手。越想越緊張，心神定不下來，真到了坐臥不安的地步，第二天上語文課，老師提問：「黃興中同學，請你分析一下小英雄雨來是怎麼犧牲的？」

他似乎聽見老師叫他的名字，但沒聽清問題，只是本能地站起來，眼睛直愣愣地看著老師的臉，不吭一聲，末了還是老師催促他回答問題，他才似如夢初醒，反問老師：「什麼問題？」弄得老師和同學們都很愕然，只有荀支書和幾個團幹部盡知內情，肚子裡藏笑呢！

三天過了，宣傳委員沒有來催問他思想彙報寫了沒有？寫好了沒有？這情況也不正常啊！黃興中如墜五里雲中，疑慮更加重一層，實在猜不透荀支書悶胡蘆裡賣的是什麼藥？可他也不敢私下裡與呂商量，呂不是團員，團裡的事跟呂講，豈不是又違反青年團鐵的紀律，在這火頭上澆油，明擺著自討苦吃，所以只好瞞著呂這一層麻煩。呂私底下問他有什麼動靜，他還裝出若無其事的樣子強嘴說：「沒有，有啥事？」其實不然，他內心深處的情緒從耽擾到緊張再到恐懼，正一級一級往上升呢！而荀支書方面，一雙雙眼正盯著他呢，將他的心理狀態穿個透，他們隔岸觀火，私下裡竊竊恥笑。現時的荀支書像貓，黃興中扮老鼠，貓不抓老鼠，貓想玩老鼠，捉弄老鼠，荀支書從哪兒學來的這套整人術的？沒有人知道，他故意放長線，不叫宣傳委員催黃興中交思想彙報材料，拖延時日把黃興中的精神狀態捉弄得就像熱鍋上的螞蟻，騷動難熬。荀支書把箭上弦又故意不發，令黃興中更難猜測，心神更加不安！荀支書初步目標達到了，他一旁觀察恥笑，他也明知黃的問題不過是個思想問題，你再上綱上線最多也是受資產階級思想意識浸蝕，總不能消滅他肉體，只能在精神上折磨他，讓他捉摸不清，讓他提心吊膽，讓他越難受難熬，所以荀支書用鈍刀子割肉，不作一鍘刀了結，古時候的人把這種刑名叫凌遲。

黃興中是個普通團員，哪裡是他上級領導的對手？他在百般無奈的情形下寫就了一份思想彙報材料，按照當時流行的套路先抄一大段報紙社論之類大道理的辭彙裝點一下門面，認識上去了，這是必須有的套話大帽子，黃再在大帽子底下清描淡寫地提到和呂涪談情說愛之不當，什麼影響了學習啦，什麼影響了團員在同學們中的威信啦，嚕嚕嗦嗦故意寫了一大堆詞不達意的廢話，用意是在湊字數，因為他心裡明白思想彙報的字數多，表明態度好，嚴肅認真，字數太少，一看就批評你不認真，敷衍潦草不深刻，所以黃興中把握住多寫比少寫好，儘管不著邊際胡吹亂侃也沒問題。不過，他耍了一個小心眼，就是把「受資產階級思想影響和侵入」這流行短語壓在舌頭底下不說，想試試能不能不被苟支書識破，乘機蒙混過關呢？他真的太小覷苟支書，也太低估了團組織的力量，小小的一個黃興中竟然想跟這麼先進的團組織較量對抗，太自不量力了，真叫螳臂擋車，想落得個粉身碎骨的下場不可嗎！

當宣傳委員把黃興中的思想彙報材料交到苟支書手裡時，苟支書隨口問：「寫得怎麼樣？」

「沒有看。」

「唉！你這個人呀！還是這個樣。」

黃興中寫的兩頁紙材料在團支部兩個重要人物手中傳遞審查著，苟支書開腔罵了：「真他媽的狡猾！誰要讀社論！」

宣傳委員幫腔道：「避重就輕，想滑過去？」

「想溜想滑都是異想天開，沒那麼便宜，小子耶！」荀支書又交待宣傳委員再找黃興中談一次，一定要讓他把認識提高上來，讓他自己批判自己、承認自己受到資產階級思想的腐蝕，還要狠批資產階級思想的危害性，同時聯繫他的階級出身狠挖思想根源。宣傳委員補充說：「他爸做小買賣的，來往上海與海門之間販賣貨物，運來上海的洋貨，運去海門的螃蟹、黃鱔和雞鴨等土產。」

「這就對了，資本主義投機倒把那一套已經深刻地浸透在他的血液裡，毒害了他的靈魂，資產階級多麼狠毒啊！無孔不入！我們一定要下決心把他挽救過來，回到正確的革命軌道上來，我們要對自己的同學同志的前途負責啊！我看你再找他談一次，把這材料還給他，叫他修改，重點放在狠批資產階級思想危害，狠挖資產階級家庭階級根源上。先在團支部大會上作檢討，非團員也要參加受教育。你去找他，開會的事我佈置。」

宣傳委員根據荀支書的口徑對黃興中發話時，變成了團支部的意見：「你的檢查不深刻，重新寫。找階級根源，批思想危害，把認識提高到青年團的先進性革命性的高度上來，提高到青年團是黨的後備軍和接班人的高度上來認識，只有這樣你才認識你的問題的嚴重性，不是你一個人的問題，是關係一代青年人的前途的大是大非問題。」黃興中被什麼認識高度、階級根源、嚴重、大是大非等等等等一大串嚇人的辭彙轟炸得暈頭轉向，只有點頭稱是「唔唔唔」的份兒，答應重寫，提高到黨的後備軍接班人的高度上去認識，隨時做好準備等待組織通知到大會上去檢查。就這樣砧板準備了，砧上的肉也找準了，就待選定時日開刀切肉啦！

第一次檢查照例不能過關，像南方農村請來戲班子演戲，哪裡只演一場的？搭戲臺貼戲單子費了許多勁，總得演三兩場才說得過去，檢查批判會也一樣，興師動眾一場，還不多玩兩下才過癮。所以，即使黃興中第一場就哭了，也沒感動各位。其實誰都沒有仔細聽他檢查什麼，真的深刻不深刻，這些不都是胡扯麼，幾乎都照苟支書的指揮捧跳踏，按既定的程式、調子演麼！黃興中第二次檢查會仍由苟支書講開場白，號召團員批判黃，名為幫助黃提高認識，接著黃興中登場表現，這次真不錯，他哭得很傷心，好幾次哽咽得語不成聲，也有一次嚎啕大哭，一發不可收拾，還是宣傳委員前去安撫幾句才收的場。黃興中第三次檢查大出眾人意料之外，即使老練如苟支書也頗錯愕。黃劈頭第一句就駭人聽聞：「我不是人，我是臭不可聞的驢糞蛋。」差一點兒把大家惹得鬨堂大笑，驢糞蛋盛產北方，長江邊哪見過小毛驢？哪來的驢糞蛋？純粹是胡編亂造，好在大家都憋住了，沒笑出聲來。黃興中一本正經哭喪著臉，背景是黑板，值日生忘掉擦，還是留著立體幾何學老師的板書，畫的那些橫七豎八不規則的黃的粉的紫的綠的彩色粉筆線條嬉皮笑臉，顯得很不嚴肅，與目前的檢查、批判氣氛相當不協調。我想去擦掉，轉念一想，擦黑板有可能被認為轉移注意力，還是安份守己的好，依然坐在那邊廂傻聽傻看，只是不能笑。黃興中繼續狠批深挖自己的資產階級家庭影響和階級烙印，把他爹跟資本家混在一起臭罵一頓，什麼唯利是圖，見錢眼開，什麼人不為己，天誅地滅，總之天花亂墜罵過之後，他一把眼淚一把鼻涕大哭起來，斷斷續續聽見他訴說：「我現在最後悔的是不好好聽黨的教育，成了資產階級的俘虜，成了資產階級在青年人中散佈毒素、腐蝕青年的小爬蟲。」我們聽到小爬蟲三字又差點兒笑出來，有幾個女生趕緊低頭，用手捂住嘴，才免得出聲。看來黃興中今天這一招還挺靈，他把自己罵絕了罵透了罵到底了，最髒最難聽最狠毒的詞他不吝嗇都用上了。

弄得團員們目瞪口呆，相形之下他們會前準備好的批判詞都彰顯得軟弱無力，沒有一丁點兒戰鬥力，所以不知從何批起，總不能說黃興中認識深刻，自愧不如之類的喪氣話吧，會前整備的那套用不上了，眼睛不約而同地盯著荀支書等他拿主意。這麼突兀的情形，的確也在荀支書的意料之外，不過畢竟是團支書，老練許多，審時度勢，丟掉舊稿，新的腹稿已經擬就，不等冷場，他走到講臺上，清了一清嗓子說開了，他把功勞歸到團組織，表揚宣傳委員根據團支部的意見先找黃興中談了幾次，做了細緻深入的思想工作，才有黃興中今天這樣的認識，話鋒一轉，又重重地敲打黃興中道：「我們是唯物主義者，認識只是改正錯誤的第一步，真認識假認識，我們還得看行動。俗話怎麼說的，聽其言固然需要，不過觀其行更重要。所以我們希望黃興中真正能以實際行動來改正錯誤，我們團組織總是歡迎自己的同志回到組織的懷抱中來的麼。」荀支書放大音量繼續講，「全體團員同志們，你們肩負重任，一定要監督黃興中同學的言行，不要放鬆對資產階級思想的警惕和批判。同時我要提醒黃興中同學絕對不能對團組織對團員同志們懷有絲毫抵觸情緒，相反要感謝同志和組織的耐心熱情的幫助教育，以及監督和挽救，切切實實體會到團組織的溫暖和關懷。」

荀支書運籌帷握，借用手中團支部這部機器這個工具報了一箭私仇，又添油加醋地向學校團委和班主任胡新權彙報，黃興中最終落得個團內記一次大過的處分。傻子都快明白了，黃興中畢業政治思想鑒定，團支部和班主任還會給他寫什麼好話？啞巴吃黃連，有苦說不出，還不自忍倒楣，一跤跌得不輕。所以我看見黃興中同學也被發配到南通農專來，一點也不感覺奇怪，反倒感覺心情有些沉重，這個荀支書、這個團支部確實厲害，真是不敢小覷他們手中的權力啊！

學生們都到齊了，就是不上課，也不見課程表，這是幹什麼？統統被趕到農田裡幹農活，真是活見鬼。這個學校幾個月前還叫南通農業學校，中等技術學校級別，現在教育也要大躍進放衛星，搖身一變，更名為南通農業專科學校，就成了大專，升一格放了個衛星。原來這個學校分植物保護和農業作物兩個班，現在把「班」字改為「系」字，聽起來就像普通大學兩個系的名稱了，教師原班人馬，一個未增，真會欺世盜名呀！我們作物班的學生種水稻是主課，下雨天或天氣轉冷了，才去教室上課，講的是怎麼種水稻、棉花、黃豆等等課本知識，這是個大學嗎？就說種水稻吧，講給你聽準保嚇你一跳。九月中，小麥早就收割完了好幾個月，荒蕪了的田地野草叢生，尺把來高，野花盛極一時。拖拉機耕過，大塊大塊的土塊錯落碼放在田野裡，此時學校當局叫學生們施底肥——有機肥料，什麼是最現存最廉價的有機肥料呢？人糞，男女老少的糞便。這是一種取之不竭的肥料，只要有人活著就有這種肥料生產出來。學校儲糞池三大個，活像現在的儲油庫，但它不往高處砌磚牆，而往地下挖深坑。學生們被分成兩人一組兩人一組，合抬一隻約一米二高的大糞桶，先用長柄大糞勺從大糞池裡舀出大糞，輾轉到糞桶裡，抬兩、三里路左右，傾倒入準備種水稻的大田裡，就這般一擔又一擔的抬，一桶又一桶的傾倒，終於有一天差不多倒齊了倒勻了，大糞池也快舀光了。滿田地臭氣熏天，萬千隻紅頭綠身大蒼蠅不知從哪裡聚攏來，滿世界飛舞，滿世界嗡——嗡——嗡唱個不停唱得歡暢，大有個不亦悅乎的架勢。我們冒著蒼蠅陣用水攻，從田埂角落引水進大田，發水災啦！遍地泥土疙瘩不停地飲水止渴，不斷地冒氣泡，蟋蝗、拉拉咕們拼命游水逃命，佔據土塊高處暫時棲息，待到水面漸漸高升，土塊們紛紛崩塌沒入水中央，才被迫紛紛逃離，無影無蹤。眼前這景象我生平從未見過，中午太陽光灼灼刺眼，照射在水田地，一個個圓形光點折射過來，平視過去，這人糞屎橛頭一冒一冒的隨處飄浮，大蒼蠅們失去了樂園在水面上空盤旋，留連不走，場面實在污穢，難於描述，不堪回首。而在這南方農村九月豔陽天的陽光直接照射之下，人糞蒸發出來的氣味夾雜著鹹濕味的江風吹襲過來，刺鼻難聞難熬到極點，誰聞到誰都會作嘔，誰都要逃走。可是更加令人難以置信的事情發生了，學校當局命令我們剛進校門的所謂大學生們，穿短褲打赤腳下大田去，踏進屎廠頭一冒一冒、臭氣熏煞人的水屎混雜物裡去，用光腳一腳高一腳低地把已經泡鬆的泥土弄平，讓人糞伴和到泥土中去。我生在農村長在農村，這之前聞所未聞有如此蠻幹的，現在我和我的同學們實實在在地幹著這非人的活計，學校當局在作賤人折磨人催殘人，慘無人道，喪盡天良，是誰賦予他們這等權力的？附近農民看見我們學生如此遭遇，連連搖頭，暗暗為我們叫苦，「怎麼能這樣幹活？」祖祖輩輩的莊稼漢種田人鄉巴佬們都從來沒見識過如此的「大躍進」、「放衛星」啊！

半個多月折騰下來，我和另外三個同學病倒了。喉嚨處奇癢，咳——咳——咳咳個不停，五臟六肺差點都被翻騰出來了，夜不能眠。校醫說吃兩天止咳藥就會好的，但不說是啥病，也不說病因給我們聽。三天過去了，非但咳嗽未止，而且我渾身發燒了，躁熱得厲害，盡想喝水止渴止咳。校醫看我病情加重加劇了，這才對我說，你去南通市醫院看醫生吧。這樣我拿了校醫的介紹信去見市醫院的醫生，那醫生姓程，頭髮灰白，還有些禿頂，叫我坐下後，細聲問我：「你怎麼啦？」我說咳嗽不止，現在又發燒了。我們一問一答中他拿起聽筒聽我心肺部位，一邊問我：「發病前你接觸過什麼特殊物？」我就將學校讓我們學生赤腳踩大糞的故事說一通，說到一大半時，程醫生插話說：「不用講了，我知道啦。」他收起聽筒，又用溫度計塞進我左腋窩下測試體溫。我覺得好生奇怪，他是扁鵲還是華陀？他見我迷惑不解的神情，就很和緩地告訴我：「你得的病，學名叫蟯蟲病。現在屬初起階段，病菌從你足部皮膚侵入，就是你在農田幹活時皮膚接觸到人類排泄物中的蟯蟲菌，怎麼說呢？簡單而言，病菌從體內逐漸上升已到了咽喉部位，所以你覺得奇癢咳嗽不止，最終病菌要侵入食道，寄生在大腸裡，吸收你的營養，繁衍其後代，再從你體內排卵隨糞便排出體外傳給別人。過程大體上就是我描述的這個樣子。現在正處於蟯蟲病菌完成轉移的關鍵時期，一般來說，需要三至四星期的時間段吧。」

我被程醫生和藹的態度又淵博的知識所感動，聽得入神，好像說別人的故事，跟我無關，咳嗽也停了一陣。你看他這一番話裡不帶一個令人噁心的髒字，都是醫學專門用語嗎？好像也不全是，因為我都聽得明白呀，這才叫高明的醫生呢！深入淺出，我有幸遇見有道之人了。聽他又對我說：「我開些藥給你服，目的是殺死這病菌，叫牠完不成這大轉移，或者有的先頭部隊已經完成轉移的，到了大腸裡也要將牠們殺死，排出體外，但都不會傳染人禍害人了。」

我像遇見救星一樣得救了，心情好多了。接過程醫生遞過來的藥方站起來，他又說了：「我給你先開兩個星期的病假條，從今天起不要再去幹那種農活了，知道嗎？」我回答知道了。「另外，你要改善伙食，增加營養，加強抵抗力。」問我學校有沒有病號飯？我回答有，陽春麵加兩顆雞蛋。程醫生又問：「有沒有教師食堂？」

「有。」

「我再寫個字條，建議你去教師食堂用餐，營養要有保證。」我已經站立在程醫生面前，心存感激，好像病症全除，一身輕鬆，謝謝醫生。臨了，他叮囑我：「按時服藥，兩星期後再來複診。」我點頭稱謝：「一定一定。」

我成了第一個病號，班主任批准我不下地幹活，所以我整日在教室宿舍、校內校外遊玩，另外幾位同學看到我的情形，也去市醫院看醫生了，幾天間，我的病友總共增至五人，趁天好，我們結伴把附近幾座山頭都玩了。可是，一天發生了一件驚天地泣鬼神的大事，令我終生不忘！那天上午約十點鐘我們幾位臨時病友約好去黃泥山遊玩，剛從宿舍出來，還沒走到校門口，突然從半空中傳來一聲撕心裂肺的慘叫聲，猛抬頭尋聲望去，只見狼山東北角上空一雙手臂張開的人形自天而降，幾個飯師傅正走進校門，見此情狀，大聲驚喊：「怎麼辦？怎麼辦！」那人形又叉開雙腿，輕輕碰到山崖、叢樹都沒見將他掛住，翻了兩個跟斗，稍微改變了一點兒方向繼續急劇下降，最後跌落到我們學校大廚房的鐵皮屋頂上再滾落在水泥地上，頃刻間奪走了他的生命。我們幾個嚇呆了，腳被釘住了，巨大的呼——呼聲才將我們驚醒過來，失魂落魄隨眾人奔過去，一看這男孩大約只有十四、五歲樣子，衣衫藍褸，面目模糊不辨，因為家窮，上山打柴掙錢糊口。一時間聚攏了許多人，眾人亂哄哄圍觀中傳說，大約不到一年前，也在這個地位也是初秋季節，一個十七、八歲的青年上山打柴火，見到一段枯木在山崖邊沿，起先他用長柄柴刀去砍，怕全砍斷柴火會掉下山去，所以在似斷非斷時用手去拉，本以為枯木一拉即斷，哪知枯木外朽內實，還很有勁，他起初一拉兩拉都未拉斷，後來用足了勁再拉，闖禍了！這枯木斷是斷了，但他卻收不住腳，身子順著山勢往下一蹉溜，跌到山腳下即刻喪生，癱躺在地上的他兩手還緊緊攥住這段令他喪命的枯木未鬆開。和他一起砍柴的小夥伴親眼目睹這一切，眼睜睜看他滑落下去而又無能為力出手相救，這生死瞬間的巨大打擊摧毀了小夥伴的神經，小小年紀幼嫩的神經系統經受不住，失控了，神經索出了問題，終於被嚇傻了嚇瘋了，從此以後流浪乞討在狼山腳下的街頭、廣教寺大香爐前，不知寒暑不知饑飽不聞香臭，也不認親人不認家門，整日裡自顧自遊蕩，從不擾人。又哭笑無常，哭不一定因為悲，笑也並不代表喜，他一年四季露宿屋簷下，冬裹破席夏精光。

半個月後我又去看醫生，程醫生說我一時半會不會徹底好，建議我回家去休息，正合我意，我馬上回答：「好呵。」醫生又給我開了一個月的藥，還給我開了休息養病兩個月的假條。我真心感謝程醫生對我那麼好，也許他根本對學校當局用這種方式蹧蹋我們學生，心存反感，同情心大增，盡他所能幫助我們，在我之後，我的幾位病友中有三位也拿到一個月或兩個月的病假條。我拿了假條向班主任請假，他接過假條看了看對我說：「這我作不了主，得向校長彙報請示。」轉天班主任告訴我，還是先在學校裡休息，過半個月再去看醫生，到時看醫生怎麼說再定。我也沒法兒，等著吧。半個月很快，一晃就過了。我又去市醫院找程醫生，一見面，他很驚奇地問我：「怎麼沒回家休息？來找我，有什麼事嗎？」我回答我沒能回家，因為學校沒准我假，我把班主任的話學給他聽一遍。程醫生一邊搖頭一邊自言自語道：「這些人呀，不懂又不聽醫生的診斷和建議。」他的目光沿眼鏡上框邊看著我又說：「好，兩個月不准假，現在我給你開三個月假，他們一定會准你的假了。」說著已寫好了休息三個月假條並遞給了我。我真不知道說什麼言語來表達我的感激之情了，那個年代，快五十年前還不時興送禮走後門等一套乖張作為，全憑人的職業道德和誠信，憑人的良知行事麼！程醫生又問我晚間睡眠如何？我據實相告，每到夜半時分，咳嗽一陣特急促厲害，過後又漸趨平緩些。他解釋給我聽：「差不多，這病的規律是半夜十二點左右病菌活動最劇烈，病菌要從咽喉部完成大轉移，所以你就覺得奇癢就連連咳嗽，其實此刻正是生理自我保護功能與病菌作殊死決戰呢！不過你不要太緊張太耽心，藥按時服，回家徹底休養一段時間應該會恢復正常的。」他又叮囑我：「回家休養期間，倘覺得要看醫生，不要到南通來，就去海門縣人民醫院就診，找內科鄔醫生，她的醫術比我高，準沒錯。」我告別了程醫生就返回狼山去了。

當我把程醫生開的三個月假條交到班主任手上時，他正坐在辦公室籐椅上捧著蓋杯喝決明子茶，戴上八百度深近視鏡反覆看了一遍又一遍，生怕眼睛欺騙他，搞錯了時間，怎麼從原先的兩個月假一下子變為三個月了，但他沉默不語，卻沒有問我一字，忽然抬頭對我說：「你等等，我就去找校長研究研究再答覆你。」我以為叫我就在他辦公室等候，所以他站起來準備出門，我站著一動不動，沒有跟他走出門的意思，他見此情狀，才補充說：「你先回去等，一有結果，我會通知你的。」到這時我才明白我會錯意了，不好意思地說：「對不起，我這就走。」跟著班主任後腳跨出了辦公室的門檻回宿舍去了。

這一等就是兩天，第三天研究研究出來了結果，班主任仍在辦公室接見了我，並準備好一把椅子叫我隔著辦公桌和他面對面坐下，醫生開的假條端端正正攤放在他面前的桌面上，這仗陣令我覺得很拘謹，不習慣，他也帶有少見的嚴肅加神秘的神態低聲對我宣佈來自校長的決定：「我向校長詳細報告了你這幾個星期來的患病情況，他仔仔細細地聽了，並問了我關於你的幾個問題，校長和我十分關心你的健康，校長還找校醫詢問過蹺蟲病的一般情況，最後我們反反覆覆考慮來考慮去，權衡方方面面的利弊得失因素，終於下決心同意你回家養病。」待我聽到「同意你回家養病」幾個字的時刻，咽喉部一陣奇癢，立馬應聲劇咳起來，算是慶賀也是表示贊成校長和班主任的正確英明決策，待我咳嗽緩慢停下來的當口，班主任他把握住時機，接著說：「不過，還有幾項附加條件，要你務必切實做到，不打一點兒折扣，」我靜心聆聽他繼續講：「第一條，醫生的假條是寫三個月，我們准假兩個半月，另外半個月前面不是已經過去了麼，所以實際上還是休息三個月，沒有少。第二條，你這次回家休養，這是特殊情形特殊處理，切不可在同學中聲張，明天上午乘同學們出工下大田幹活去了，你只帶梳洗用具簡裝而行，不聲不響，也不准攜帶蚊帳、被褥等大件物品，照原樣整整齊齊地鋪放在你的眠床上，讓同學們感覺你回去幾天，很快就會回來的樣子。」我越聽越糊塗，忍不住問為什麼呀？班主任回答我：「剛才我說了，你的情況特殊作特殊處理，還有一些同學情緒也不穩定，你走，一開了這頭，別人跟著也要走，你想想看這還了得，個個要走，學校還辦不辦？辦得下去嗎？所以你必須保密，至少麻痹他們幾天，等風頭過去了，思想工作就好做了，到時候就好辦啦！千萬不要產生多米諾骨牌效應才好。第三條，休養好了，按時回校來繼續上課。都聽清楚了？」我回應說：「聽明白了，不過，我會跟幾位平常親近些的同學說一聲的，就這樣偷偷摸摸走了，我覺得對不起他們。」

班主任矜持一小忽兒後說：「那人少點兒。」

「人數不會多。」我回答。他不再說什麼，默認了。班主任站起身來和我握了握手，叮囑我回家好好休養，按時服藥，我這才告辭出來，突然覺得班主任好通人情啊，一股暖流在我體內四處散發開來。

當天晚上，我在學校的最後一夜，心情說不明白，想離開這環境但又不很著急，晚飯後幾位好朋友不約而同，或先或後的都來到我宿舍裡看我，要幫我整理行李，我告訴他們都不帶走，留在這裡，等我病好了就回來的。其中一位田豫武同學和我意氣最投契，南通市人，小小的不高的個子，最有才氣，寫得一手好文章，中學時代就在一種名為《中學生》的雜誌上發表短篇小說和議論文。

他的口才又好，講起話來滔滔不絕，條分縷析，清楚分明。他還拉得一手棒二胡，在那勞頓煩悶困惑的小天地裡，狼山腳下，月光如瀉，萬籟俱冥，他的二胡琴聲給了我萬千的慰藉與寄託，讓我忘卻眼前現實的一切一切，走進渺妙虛無的天地，其精神之高尚和純潔深深地撞擊著我撫慰著我的靈魂，我最愛聽他拉江南民間盲音樂家阿炳的《二泉映月》這曲子，也是他演奏的樂曲中用心最深最濃的一曲。他也想離開這所學校，苦於沒有說服得了校方的理由，他羨慕我得病而又有幸暫且離開，為他沒生病不咳嗽而煩惱而著急，不禁叫我想起杜甫寫《石壕吏》《兵車行》時的心情，詩中主人公為反戰，不惜忍受多大的肉身苦痛，親自砍斷手臂情願致殘，從而避開征戰，以換取堅持自己的理念與精神獨立的追求，現時我的好同學寧願生病棄學，浪跡天涯去追求他的自由，可惜天不假人，使他求之不得。那天晚上下弦月已變成細細的一道彎弓睥視著我們這幾人，沉默不語。我們終於還是為田同學找到一條雖說捉摸不定但也尚可一試的蹊徑，他的精神也為之一振，「是的，」他興奮得不由自主地跳躍了，拍著手說：「決定了，我從今日起，抓緊時間把二胡練習得好上加好，準備好七八首曲子，尤其是民間喜歡的又熟悉的曲子多準備幾首，等到寒假一放，我馬上渡江去蘇州、昆山、松江、常熟、無錫一帶，到街頭去鄉村拉二胡賣藝為生。」寒假期間正值過新年，逛街遊玩的人也多，我們越設想越興奮越有希望，好像就在眼前就在明天，好像就是我們自己，光明就在前頭。所以田同學最末說：「只要能掙得到吃飯錢，我就從此過那行遊天下，逍遙自在的生活去了。」他的眼睛發亮，似乎已經預見到了曙光。其實，那晚上大家情緒都不高，甚至可以說相當低落，唯有議論到田同學的前景時才露出些微的歡快情緒來。這時一縷面積不大但顯厚重的深色的雲層漸漸靠近並遮蔽了眉弓樣的彎月，把本不甚皎潔的月色也收回去了，大地重回昏暗，狼山濃厚的輪廓也已隱退，與天幕的墨色相混淆，融為一體，黑糊糊一大片，什麼也看不見看不清。我們幾人誰也不再言語，借著稀稀疏疏幽暗的路燈光躡手躡腳走回宿舍，摸索上床鑽進被窩，各想各的心事。

一夜未睡好，清早起床梳洗完畢，吃完早飯，一如往常，同學們排隊出發去大田幹活，隨後我只帶了一隻小書包奔向長途汽車站。走進家門，媽正在灶頭忙著做午飯，沒發現我，待我躡手躡腳走近她叫一聲媽媽時，嚇了媽一跳。我們母子倆擁抱在一起，媽媽把我摟在懷裡好一會兒，才問：「真的讓你回家休養了？」她端祥著我又關懷著對我說：「平兒瘦多了！」雙手撫摸著我的雙頰，一激動我又連連咳嗽起來了。我太想我媽了，她總是那麼慈祥、平和、親切，我們兄弟姐妹無論長得多大，對她而言永遠是她保護的小雞，總想一直在她的羽翼之下，我直覺得這時刻最安全最幸福，我真心希望就這樣子永遠不要長大。

我爸到週末才從學校回家來。午飯後我去看祖母，祖母一人住，祖父六十七歲時告別了這個可憐的世界，晚歲潛心種花養草，閑來端坐窗前書寫蠅頭小楷耗時，與世無爭。祖母現居兩間特殊的茅屋，前院裡繁星點點潔白的木香、豔麗的月季花卉盛開，嫩綠幽靜的文竹亭亭玉立笑盈盈迎客。

院子三面臨水，後院大片修竹茂林作屏障，前院通往鄉間小道全憑一條狹窄的泥壩，窄到只能一人通過，頗有一人當關，萬夫莫開之慨。庭院裡隱蔽著的兩間不算高也不算又低又矮的茅屋，東間作臥室，西間作廚房、飯廳兼起居室。建造整座茅屋沒有用一隻鐵釘一根木料一個卯榫，更不用說鋼筋水泥之類現代建築材料。大毛竹、小篾竹、稻草、蘆葦和小石墩就是全屋的所有用材，小石墩作石礎，堅實牢固的墊在柱子底部，十幾根碗口粗的大毛竹當柱子，均勻地分立在屋子的四周圍，與檁條、大樑緊緊連接在一起共同承受全屋的重荷，檁條也用毛竹，要比立柱小一號，細一點，當然脊檁又稍有差別，另眼相待，用幾乎與立柱等粗的大毛竹，只因為它在全屋最高處，負擔最重也最吃力，用大毛竹理所當然；數百根篾竹當椽子用，整整齊齊碼放著將檁條與檁條連接成一個整體。大小毛竹柱子、檁條和篾竹椽子之間的緊密相連全靠篾片把它們紐結。蘆葦編織就的雙層席片作為牆壁圍在四周，又靠篾片把它和大毛竹立柱、檁條緊緊捆綁在一起，屋頂先鋪一層席片，席片上加蓋一厚層精選出來的當年稻草，散置的稻草有可能會被風捲走，就如杜甫哀歎狂風「卷我屋上三重茅」那樣，我祖母的茅屋稻草上加一個大網罩，大網罩用稻草搓成粗繩，再用粗繩結網，網眼不必過小過密，尺寸如手掌般大就很適宜，最終大網罩邊沿都嚴嚴實實捆綁在屋簷裡的椽子上，大功告成。茅屋外觀雅致，又十分實用，冬暖夏涼。冬日裡，屋簷下一坐迎候旭日東昇，曬曬太陽，暖暖和和地喝著番薯玉米粥或紅豆小米粥，真是人生一大享受；夏夜到，拖一把竹椅到庭院中，執一張蒲扇，坐在竹椅上翹著二郎腿，泡一壺薄荷葉涼茶，慢悠悠地品茗，微微搖動蒲扇，望星空，聽蟬鳴，又是另一番滋味。說茅屋說遠了，回頭說我去看望祖母，她正在紡棉紗解悶，見我來了，停下手中活計站起來，移坐到高椅上來，倒茶水，我哪能讓祖母倒茶，搶前一步將那把陪了她數十年的中號紫砂茶壺捧在手裡，倒了兩小杯，第一杯送到祖母座前，第二杯才留給我自己。我祖母三寸金蓮，身子又發福了，行動當然沒有我捷便，何況我又是孫子輩的呢！我們祖孫倆一邊喝茶一邊聊天，今天的話題不用說都是關於我的故事，祖母聽了我的敘述，把話說得更絕：「平郎啊！去那裡種地，還不如在家種地，那種學校不去了。」祖母一錘定音，不去了！不去了！週六傍晚我爸回家，聽我彙報完畢，祖母先開腔定調，對我爸說：「頭兩天我就說過了，這種學校有什麼好上的，什麼都學不到，真要學種田，回家來，由我教平郎好了。」我爸在祖母面前直點頭，又問我媽的意見，媽說：「早知道這種學校根本不像學校，就不該讓平郎去，現在還把身體搞病了！」爸笑一笑和善地說：「你祖母和你媽都說不去了，那就決定下來不去了。只是手續怎麼辦？還得慢慢想辦法。」就這樣，我的長輩們都一致同意並支持我不再上那個所謂大專學校去了。

事情並不像我們想的那樣簡單。剛回家一個月，學校來信詢問病情，我回信並不見多好。第二個月末又來信問同樣的問題，我回信說仍不見好多少，我提出希望辦休學一年的手續。又過了一段時間，學校才來信說，可以考慮辦休學一年的手續，但首先必須有醫生的證明，證明你的身體不適合馬上回校上課，需要休息；其次，必須你親自到學校來辦理。在這期間我收到農專的好友一封長長的信，告訴我：像你這樣下決心走下去的人沒有第二個，這大半學期下來，我們都習慣於這種特殊的學校生活，確實也擔心離開這裡之後怎麼辦？前程在哪？一片茫然。你知道我本來也想效法你離開這裡，但一想到我的家庭出身是富農，心裡就恐懼，一旦他們對我採取強制措施，我走不成，反被揪回來那可慘了，處境更糟，雪上加霜，到那時誰也救不了我，所以我決定忍，大不了忍它三年，不就畢業了？離開學校，好歹分配我一份工作，拿工資吃飯，自己養活自己。對了，還要告訴你田同學的事，他直到第二學期開學過了半個月才回校，學校不知道他在寒假裡去江南的事。後來私下裡他告訴我，寒假一開始，他就闖江南去了，他先到蘇州拙政園門口拉二胡，沒人駐足沒人投錢，他捉摸邊拉邊唱效果會好，唱「好一朵茉莉花」也沒人聽，責怪自己音色不美，假如有個小姑娘在身旁伴唱可能會好些，但沒有呀！哪兒去找？後來又去網獅園、玄妙觀、滄浪亭都不怎麼樣，半天掙不到一碗陽春麵。最終還去了虎丘山、寒山寺也不靈，不知人窮沒錢給呢還是喪失了憐憫心，猜不透。接著去阿炳老家無錫，專拉《二泉映月》，得到同樣的冷漠，好像無錫人根本不知道不認識他們的盲音樂家阿炳，對《二泉映月》也毫無反應，使他傷透了心。他懷疑他這樣走下去，自己就是第二個阿炳，甚至還不如阿炳一萬倍，窮困潦倒一輩子，死了無處埋白骨，所以折騰了一個多月光景，垂頭喪氣、偃旗息鼓地回來了，再不作浪漫幻想了。他發誓說他會把這段經歷寫成小說告訴世人。不過，我看他像變了一個人似的，一改原先熱情開朗的性格為沉默寡言，目光無神，常常發呆似的盯著人看，我真希望他恢復原來的他呀！但很難說。

這封信寫了三頁紙，超長的了。到這時，我似乎明白了一件事，學校之所以同意我休學一年的申請是因為經過這多半年下來，看準形勢絕不會因為我休學而發生多米諾骨牌效應，甚至相反，由於我的離開，可以暫時忘卻我的存在和離去，而讓這裡變得看起來更為安定些，再有一個原因，下個年度的招生計畫遲遲批不下來，這個南通農專的命運實在難測啊。

這年陽春三月，我踏上重返學校的路途去辦理休學手續。學校已不在狼山腳下，搬遷到距原校址西南七十里處的江心沙農場舊址，遠遠望去，一排排嶄新的茅草屋整齊劃一，橫平豎直，活像一座軍營。走近看得清楚些，每排房東西約長三十米，前後兩排房之間間隔不足十五米，東西向立了些木樁，木樁間拉了粗鐵絲。這天好太陽，暖融融的陽光傾瀉在星羅棋佈的半濕不乾的衣衫上，沿著粗鐵絲錯落排列，隨微風輕輕搖頭晃腦，格子條子土布的、單色花色洋布的，紅的粉的藍的黃的白的背心、內褲、襪子、外衫應有盡有，五花八門，真像萬國旗展，鮮豔異常，只可惜沒有旗杆，只見鐵絲。每排房有三個出入口，門外兩側簷下一字兒整整齊齊排列著搪瓷花臉盆，都盛了七八分滿的清水，水面上飄蕩著些細草屑和灰塵，盆底映照出的那些月季、牡丹花清晰可見，還有徐悲鴻的奔馬、齊白石的蝦兒們也在盆中蕩而不動。我無心細細欣賞這陌生又熟識的景象，我是接近中午時分到達的，沒能見到一位同學，他們都去江心沙種田了，地廣路遙，所以每每要走一小時才到田頭，為節省同學們體力，中午不回來吃午飯，由飯師傅送飯到田頭，吃完飯同學們還可以在田埂上土堆旁打個盹什麼的，午飯時間有一個小時時間屬自由支配，那是沒有人管的。

我按學校最近一封信上指示的辦法，先直奔校長室，交上郞醫生開的病況證明書，校長約略看一看。其實，休學檔案早已經赤裸裸的躺在辦公桌上乾等我了，我也沒讀一遍，就按校長的手指指的位置簽了字，校長把這張紙收了，又遞給我另外一張紙，算作批准了的通知書，我簽字的那張紙算是我的休學申請書，當時容不得我想清楚這張紙那張紙的內容及關係，這是我後來回想這程式這過程時搞明白的。我拿過校長遞給我的第二張紙正想看個明白，聽到校長說話了：「拿回去再仔細看吧。你要記住你的休學期是一年，到時間就是按時回到學校裡來。另外在這休學期間按規定你也不能改考其他學校或上其他大學學習，這些都明明白白寫在這張休學證明書上了，你回去看吧！」校長的口氣好像要我趕快離開，不和同學碰到面，我也不想多停留，我們想到一起了，我回答校長好，就轉身回宿舍區。

傳達室的工友指點我進了第二排宿舍茅草屋，正對中間那扇門的那個上層鋪位，我的被褥疊得好好的碼放著，我用帶來的藍印花土布包袱包好，簡單用白紗繩捆紮好就提了出門，工友搶著幫我拖，並叮囑我把休學證明書收好，別弄丟了。我覺得這位工友對我真好，走到傳達室門口，我立定了對他說：「謝謝你！」你猜他說什麼：「你快走吧！你運氣，這裡是什麼學校？趕緊走吧！」他用右手輕推我一把，我向著回家的路上走了，走不到十步，我停下腳步回頭望去，他還站在原地望著我，我們四目相對了五六秒鐘，他伸出右手搖搖，我聽他又說：「快走吧！走

現存一座整整齊齊的鄉村住宅，清一色磚砌得的圍牆，經年歷久的褪色木板門。門樓前古樹，枯藤，獨缺老鴉。門裏人家貼春聯，企盼「八方進寶　四面來財」，如能將上下聯的位置對換一下，也許更佳。我是瞎猜的，不作數。（2009年春季攝）

好。」我才頂著明媚的春日午間陽光，一步一步堅實地往家走。再回望時，工友的人影消失在已分不清一排排整整齊齊的茅草屋，而是壓縮在江邊一堆平面影像的灰白色圖景裡了，這畫面留給我對南通農專最後的一點印記。可惜啊，大躍進放衛星時代日新月異，新生事物層出不窮，可是消失得也迅疾也乾淨，南通農專就沒有第二期學生，農專關門，校名又改回南通農校了。世間事已改變了古諺：三十年河東三十年河西的變幻規則，三十年、一萬年太久，只爭朝夕的豪言壯語聲浪響徹雲霄，大躍進也真是來得快，迅雷不及掩耳，轟轟烈烈；去也去得更快，疾風捲殘雲般一掃精光，空空蕩蕩。

回到家，祖母正和媽坐在桌邊喝茶聊天，其實祖母不放心我的事，專門在等我回來彙報消息呢！我趕緊說一遍學校沒有阻礙我，辦得挺順利，大家聽了都很開心。這時，我媽已熱好了飯菜叫我吃，我說在等汽車時已買了一副大餅油條充饑，說不餓也不行，又夾了些菜就著半碗飯吃了，才讓媽和祖母放心。

過了兩個來月，我還先後兩次去信學校要求改休學為退學，學校再沒有搭理我，沒給我回信，我也不明其理，但問誰去？其實呢，此時學校方面已經明白農專的日子像兔子尾巴長不了，已沒有第二學年再招生的計畫，這第一屆就是最後一屆，我的休學就等於退學，一年後你回來哪有學可上啊！可是沒有高人揭露天機給我，我當時被嚴嚴實實地蒙在鼓裡，渾然不知呀！

不管怎麼說，第一步目標達到了，可以後我該怎麼辦呢？

第五部

不歸路

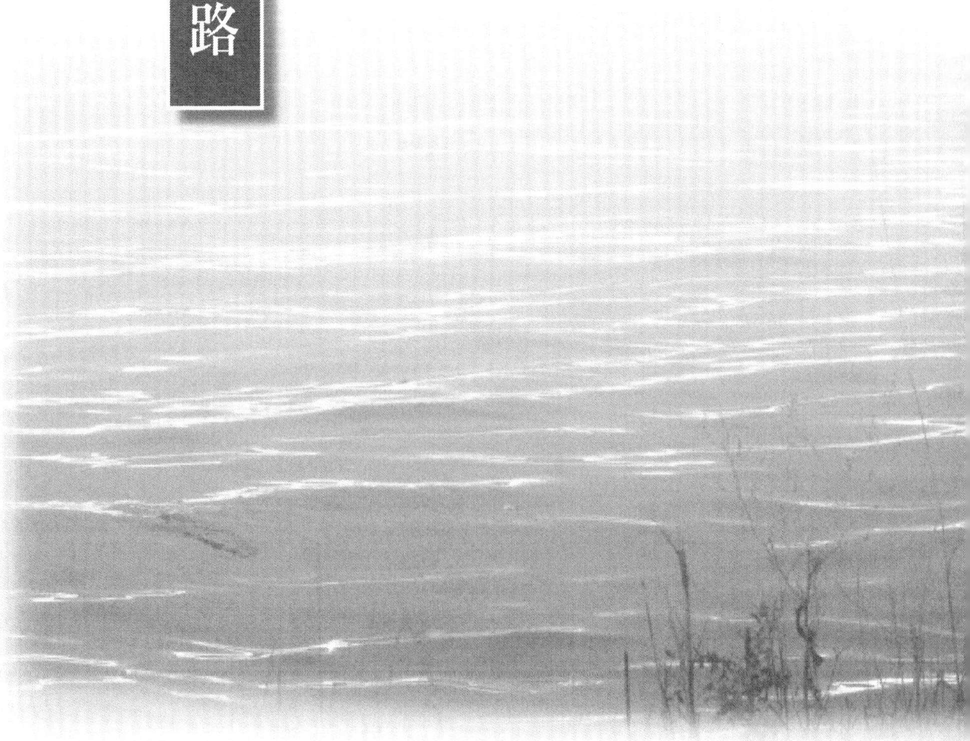

小時候看父親畫畫，他還親手繪製過一本「鐵書」給我，所以我從小就喜歡塗塗畫畫，到初中讀書時，圖畫課的作業評分經常是甲等，最高分時被老師評為甲上等，作業常常被張貼在學校的玻璃鏡框裡展覽，幼小的心靈裡感覺何等的滋潤呵！有一回老師教我們畫史達林像，我對這把鬍子特感興趣，上唇鬚濃濃的粗粗的硬硬的像把刷子，兩唇角稍微有點兒上翹，畫得特精細和神氣，「論畫以形似，見與兒童鄰」，我正在蘇東坡說的那個年齡段，追求的就是這形似啊！那張作業掛在那裡展覽了好長時間，後來就沒有退還我，被學校收藏了。當然這是說笑了，最終還是塞進了字紙簍，變成垃圾，只是時日稍微拉久了一些，所以至今仍留下一點兒印象。那甲等那展覽都是小小的誘惑，恰恰在年幼的單純心靈裡形成多麼巨大的衝動和力量，當時也僅僅被自然力驅使，甚至沒有一點理智的思考羼雜進去，完全是像深山湧泉般噴射出來，順著山谷傾瀉流淌，多麼純潔多麼自由多麼可愛呵！可是這涓涓細流有可能滋養稚嫩的野花閑草的幼芽，只要環境適宜，不遭受狂風驟雨、雷轟電擊的摧殘，或許它日後還能生發枝葉、開花悅君呢？

爸發話了，先跟我去文化館學畫畫，白天學習，晚上住那裡或回家來，隨你的意。那時我爸被調到縣文化館工作已一年多，主要工作畫宣傳畫，並培訓一批一批青年人製作佈置大躍進時代工農業各種放衛星展覽會，整天忙得不亦樂乎。就這樣我自動關進一間小閣樓裡，由我爸規定作業並指導我，真是天賜良機，小閣樓有扇北窗，早晨太陽從東方升起，移至中午再西斜到日落時分，整整

八、九個小時在這間閣樓裡光線正歪角度無多大變化，而這正是畫素描、油畫的最佳狀態，我在這裡畫石膏像，從一個高鼻子、一隻肥耳朵、一張大嘴唇、一雙美目開始，接著畫荷馬、奴隸、伏爾泰等等頭像。素描單元畫過後，我爸又擺瓶瓶罐罐、香蕉、蘋果、花卉等等各種組合的靜物教我畫，靜物先作鉛筆畫，此時我才知道畫鉛有軟鉛與硬鉛之別，比較簡單，硬鉛只有Ｈ和２Ｈ兩種，軟鉛從Ｂ到６Ｂ六個等級，加起來有八個級別。不像現如今我們中國將硬鉛細分為十個等級，鉛芯最硬的是10Ｈ，次一等的從９Ｈ、８Ｈ一直排下來到Ｈ，２Ｈ比Ｈ鉛質更硬芯更細色更淺；軟鉛區分不大，從Ｂ到６Ｂ分六個級別，Ｂ色最淺淡，但明顯比硬鉛的顏色深重，可是隨Ｂ上升到２Ｂ、３Ｂ直到６Ｂ，鉛芯顏色濃黑的程度逐漸上升，６Ｂ算是到了頂尖極至，那鉛芯也變得粗壯有餘了。硬鉛和軟鉛的連接點叫ＨＢ級，把兩者融合在一起。還有一種稱為Ｆ級的鉛筆，它插在ＨＢ與Ｈ之間，表明鉛芯堅實度從此開始逐漸增長，最終點當然是10Ｈ了。硬鉛和軟鉛統共加起來有十八種之繁雜，可惜尚未與國際通行的分類接軌，國外似乎沒有分得那麼細，一個號碼差不多包含我們的三個級別，也就從第一號到第六號似乎簡單許多。再說當年我學鉛筆靜物畫單元過後，還練習過不多幾次水彩靜物畫，我爸到這時候交待給我一句話，這句古諺不僅令我當時受用，而且成為我終生自律的諍言：「師父領進門，修行靠自己。」也正如陶淵明詩謂：「此中有深意，欲辯已忘言。」真是端視個人的悟性了。其實人生鮮有百年，而藝術本無止境，古往今來中外名家輩出，百千萬人靠藝術這玩意兒吃飯揚名。竟然有的期盼永垂藝世，氣猶未咽，就已籌劃安排好屍骨燒成灰燼之後怎麼讓作品永藏廟堂，供萬世瞻仰膜拜，子子孫孫永保用之。放眼看去，那些儘是短視者、雞腸小肚者所為，天地怎能容此等幻夢成真呢？恕我直言，全是自欺又欺人，禍害後人不淺啊！

春走夏至，又迎秋冬，轉眼間到了六〇年代第一春，我開始經常瀏覽報紙上有沒有關於高考的消息。有一天我的眼前突然一亮，有則招生廣告赫然寫著：中央美術學院在上海設考點招生，時間地點寫得一清二楚，分油畫、雕塑、版畫、中國畫、美術史美術理論五系，並分別列出各系在上海考區的招生名額，美術史美術理論系招三名，我仔細閱讀又仔細比較之後，覺得對這個系特別有興趣，猜想它既學畫畫又要學寫文章，這多麼適合我呀，好像專為我量身訂做的一般。而且它又是今年新創立的系，招第一屆新生，太激動我心了。我急忙跑去把報紙拿給我爸看，我又說了一通想報考這個系的原委，爸聽後，想了想才說：「好，就這麼定了。」爸隨後又叮囑我既然如此，除了繼續準備繪畫科目考試外，還得補美術史方面的知識，要向這方面下功夫才好應試。我爸從他的書篋中找出滕固先生早在三十年代寫的中國美術史給我，拿來讀一遍兩遍，不問懂不懂，也不問懂多少，把顧愷之、吳道子、王維、李公麟、倪雲林、沈周、徐渭、八大山人四畫僧的名字記住了，也曉得我國有敦煌、龍門、雲岡、麥積山等幾個大石窟寺的名稱，等等等等；我爸又把他訂閱的《美術研究》雜誌和《美術理論資料》拿出來跟我講，後邊這份資料幫助我張開眼子看世界藝術，例如什麼叫藝術中的現實主義，古典主義，浪漫主義，甚至洛可可，巴羅克藝術，還有印象主義，立體主義，抽象主義，超級現實主義等等西方藝術名詞都有個概略的文字意義上的初步接觸，再有像義大利文藝復興三傑、俄羅斯巡迴畫派、法國巴比松畫派等等藝術家的代表作品稍為有一丁點兒的知識，都從這裡啟蒙，並努力強背強記。我一邊讀這些書以備應考，一邊寫信到上海藝術院校聯合招生委員會詢問、寄去資料報名，不久，我收到聯合招生辦公室寄來的准考證，那是一張淺灰藍色的六十四開大的卡紙，下半部鉛字印刷考試日程表和注意事項，上半部醒目地標明我的姓和名，號碼是００６１８。

我在考試前兩日趕到上海借住親戚家。考場設在華山路的上海戲劇學院內。也許一路上乘小火輪著了涼，也許神經緊張，一到上海就鬧肚子，考試當日清晨還先去醫院急診室打一針止瀉針劑，進了考場中間又出來出了一次恭，你說我這人麻煩不麻煩啊！麻煩。考試科目分兩天進行，第一天上午考素描，一幅靜物寫生。下午考色彩，任意選題的主題性繪畫，我畫農民挖泥造堤，大場面小人物，挖土的抬土的擔土的，拿鐵鍬平地的夯土的，星羅棋布，人山人海，紅旗招展，熱火朝天，藍天白雲黃土紅旗再間雜鮮豔的各種服色，畫面色彩斑爛，熱鬧非凡。第二天上午考政治常識，下午考美術史知識和一篇畫評，美術史知識的考題有填充題和問答題兩類，一篇畫評實際上就是做一篇藝術批評作文，我考試前稍有準備，雖然沒有成文，但已有腹稿，因而沒浪費太多筆墨寫了篇千字文評俄羅斯畫家列賓的《伏爾加河上的縴夫》這幅畫，對畫中人物尤其是老者的疲憊不堪的神情體態表達無限的同情，又寄希望於那位抬頭眺望的青年最終擺脫困境，基本上是一篇從同情心入手推進到呼籲、吶喊的人道主義主題的文字，可能也湊巧符合百多年前列賓以畫面藝術形象抗議俄羅斯農奴制度的主題吧。

三天后初試放榜，也是到上海戲劇學院去看的，一眼就望見我的名字在上面。緊接著第二天上午進行面試。聽說負責面試的老師是中央美術學院的老師，特地從北京來，精神上的確感覺有點緊張，也不知道為的什麼，當然更想像不出他可能問些什麼問題，所以真不明白如何作準備，晚間睡眠前躺在蚊帳裡，心中只想清楚一條：知道多少答多少，不矇不猜，如實回答。

排號在我前邊的一位考生跨出門來，輪到我走進這間空空蕩蕩的教室，只見在教室北牆跟擺放了兩張拼在一起的課桌，桌面上疊放著一封封十六開大的牛皮紙口袋。課桌後面端坐著一位老師，微禿，四十歲上下年紀，看不出個子高或矮。在課桌這邊稍遠處也擺了一把學生椅，供考生坐著回答老師提問用的。我剛跨進教室門，在外邊把門的工作人員迅速把門帶上了，聲音雖不太響，但這個當口我的心情蠻緊張的，所以又加上一層緊張。我輕輕跨步向前走向老師，這時我突然聽見老師微微的笑語聲問：「你是倪十力同學嗎？請坐。」

一下子我進入了狀況，心跳趨於正常，坐到椅子上，看著老師和氣的臉龐回答：「是的，老師。我是倪十力。」

「我姓尹，是從北京校本部來上海考區招生的老師。」尹老師先向我作自我介紹，那平和的語氣立刻讓我從緊張的情緒裡走出來，尹老師繼續說：「你的考試成績不錯，你平常讀過哪些藝術方面的書？你喜歡哪些現代中國畫家？」他一連問了好些個問題，我都一一作答。

「你為什麼想報考我們學院的美術史美術理論系？」

「我平日既喜歡畫畫，又喜歡寫文章，我讀到招生簡章上介紹這個系，正符合我的願望，所以我就報名了。」

「高中已沒有畫畫課了，你們學校有課外繪畫小組嗎？」

「沒有。我的父親教我畫素描和水彩畫。」

「你父親教你畫畫？他是圖畫老師？」

「是的。他早年在蘇州美專學習，畢業後留學任教三年，後來回家鄉在中學裡教畫畫，現在文化館工作。」

「噢，我說呢，你有一位好父親好老師。」

「是這樣的。」

「你是怎麼到上海考區來報考的？」

「我在《文匯報》上讀到『中央美術學院』招生廣告的，我按他們的要求寄給聯合招生辦公室所要的資料並報了名，不久，我收到招生委員會寄給我一份准考證，過程就是這樣，到時候我就來上海參加考試了。」我回答。

「是這樣啊。不過你是江蘇省籍人，按照規定是不能在上海考區參加考試的，江蘇省籍的人考點被分在北京，你應該到我們北京的校本部報名並參加考試。」我聽得迷糊，盯著老師的臉，尹老師停頓一下繼續說：「給你具體說吧，比如你報考的美術史美術理論系在上海考區招生三名，都應該是有上海戶口的人，你不是上海戶口的人，所以不應該錄取你，如果錄取了你就等於減少錄取一名上海人，擠了他們一個名額，人家是不幹的，從道理上講也不應該啊！」

聽了尹老師一席話，尤其聽他這般耐心解釋，我才明白我這次參加考試是白考了，白忙碌一場，無果而終，天意啊，誰叫我是江蘇省籍人呢！也怪我當時沒讀明白弄清楚我本該是上京趕考的，像前清或前明或更早年代那些窮讀書人為求取功名一樣，怪只怪自己不走運唄。繼而又想上京趕考，路遙途遠，哪裡湊得起許多銀兩來做盤纏？想到這裡，倒也釋然了，這個陰差陽錯，反而幫我著想，省卻了隨之而來的許許多多麻煩和困擾。邊想邊站起身來，我預備告別老師回家去也。

尹老師說：「坐下坐下。」他繼續對我說：「不過呢，我考慮到你這次考試成績很好，不容易，所以我跟這裡上海招生辦的同志商量，請他們考慮能不能擠出一個名額來錄取你，上海的同志就是不讓步，堅持錄取三名上海考生，這條路走不通。」

聽到這裡，我直覺得無望了，尹老師出面幫我努力了，可惜事情一無轉機。咳！命該如此。

大概老師看我很沮喪，又說話了：「當然了，事情在上海看來沒有轉圜的餘地，但是還有一線希望，希望在哪兒？待我回北京，到學院教務處去談，他們負責全院招生工作，把你的情形跟他們詳細說一說，給他們看你的考試材料，看看這樣能不能說服他們特別增加一個名額，如果爭取得到這個名額就給你。」

隨著尹老師的一字一句話語，猶如東方發白，天際將會升起道道霞光，向左右上三個方向噴射，穿透層層雲霓，撒向十方世界，沐浴著微愚微昧、渾沌初開的倪十力。

我高興起來：「謝謝尹老師。」

尹老師正色道：「先不用謝我，我是受學校委派來這裡做招生工作的，我有責任將合格的好的考生推薦給學院，這是我的工作，沒有一點兒私心私情，我又不認識你，今天第一次見面，換了別的考生像你一樣的情況，我也會這樣去做。」

尹老師堂堂正正的一番話，令我佩服得了得，心想到底是從北京來的老師，說話在理，辦事公道，水準就是高。

尹老師最終叮嚀我幾句：「所以你很快會收到一份不予錄取的通知書，是由上海藝術院校聯合招生辦公室發出的，他們按我們原先規定的辦，一點也沒有錯。我回北京後，學院如果採納我的意見，同意破格錄取你的話，那麼你在不久會收到從「中央美術學院」校本部直接寄出的一封信，通知你被錄取了。我希望你在八月底前，比如二十八、二十九號就到北京來報到，辦好一切入學手續，切勿遲到，避免一切不必要的麻煩和周折。」他又補充一句：「當然，這裡有個前提為條件，如果……。」他笑了。

「行。我一定像你說的日子到校報到，絕不遲到。」我像真的收到錄取通知書一樣興奮地回答。

「還有一種情況，萬一學校不採納我的意見，學院就不會給你去信的，所以如果到八月中旬你還沒收到寄給你的信的話，那麼這就意味著你這次白考了，也要做好這種情況的思想準備，那麼，等到明年再到北京來報考吧！」尹老師神情暗淡而不無遺憾地說。

我站立起來，向尹老師深深一鞠躬，轉過身走出了教室。

第二天一早，我就直奔外灘十六鋪碼頭買了一張最便宜的統艙票回家，像從監獄裡潛逃的罪犯一樣，一時一刻也不願多停留，快快離開這座著名的冒險家樂園。真的我也搞不明白我自己為什麼會如此厭惡這樂園，也不知從哪一刻起或哪些事將我弄糊塗了，以致留下這種不怎麼好的印象。

我初初檢點的結論是來自小說，三十年代的文人們住在這裡，描寫生活在這裡的窮苦人群，黃包車工人、紡織工人、包身女工、乞丐、妓女……個個能催人淚下，淚水又激起你對階級對立中人的反感、抗拒和憎恨，總有一群人又正好處於統治、控制、壓迫著另外一些出賣勞力甚至肉體的人的地位。那些眩惑人心的霓虹燈、夜總會、賭場、典當、賣淫場所，成為這座樂園城市的罪惡深淵魔窟，猖獗囂張至極。更為未經世事的我不解並奇怪的，是那些市井小民天天住亭子間，撿拉圾，而仍願甘受肆虐，為什麼不回鄉間去呢？據說一個理由是鄉下生活更悲苦，二是城市裡機會多，夢想飛黃騰達的那一天突然間降臨到他頭上，每個人的美夢永遠做下去，一晃眼幾十年過去了，美夢沒成真，傳到下一代，就這樣可憐又不甘放棄的心態一代一代傳下去，沒完沒了，幾乎像現今下三濫的電視連續劇一般，拖遝不斷，一個人的命殞了，又被另一個命接上，或許是兒子也許是女兒接過接力捧，代代相傳無止境，何時能了？當然上海商場裡的雇員小姐嗲嗲的變種吳語，或改良雜交過的寧波話都令顧客覺得進入了假面舞會，點點滴滴浸透著裝腔作勢弄姿賣俏的小技倆，這腔調竟成為市井風俗習氣時尚而釀為災難不可救。其實深入追問起來，剛才說及的市井小民都市人統統都是外幫人、入侵者，猶如歐洲白人入侵北美洲，將當地世世代代居住在這塊土地上的主人貶稱謂土著居民，這是地地道道的強盜邏輯，他們占山為王，都是座山雕的嘍囉，徒子徒孫，卻耀武揚威，忙著塗改並精心美化他們祖上那段不光彩的醜陋歷史，當然美國的歐洲白人的歷史不只是不光彩，而應當使用卑劣、殘酷、暴虐成性這類詞描述他們殺戮印第安人、紐波特人的罪行。我們上海原來還是一個小漁村時的村民以及村民的子子孫孫，和尚未被入侵之前的近郊農民才是真正的貨真價實、不折不扣的上海人、上海土著居民，現下他們已被入侵者的文化踐踏到底層並被泯滅了，一如北美洲的亞洲血統的土著們的命運。

扯遠了，回到正題，我從十六鋪碼頭乘小火輪出黃埔江入海口，橫過三甲水，繞道崇明島西沙頭，直沖長江北岸青龍港碼頭，上岸走路不用兩小時，就遠遠地看見那茂林的竹園宅子，太陽歪歪地掛在西邊天幕上，不驕橫，頗有倦意似的，我爸媽正在宅東南方的菜園子澆水捉蟲，我一口氣從頭至尾彙報一遍，當轉述尹老師錄取不錄取一番話時，媽接過話頭說：「平郎，有望了，要不老師為什麼給你講那麼多話呢？」爸則矜持地說：「不一定，這些話恐怕安慰的成分居多。」後來祖母聽了，直截了當地說：「準備準備吧！平郎要去北京上學了。」說得我爸媽都笑出聲來了，同聲說：「托祖母吉言啦！」

果不出所料，不到兩星期上海藝術院校聯合招生辦公室的信寄來了，我沒拆信就知道它會說什麼，跟尹老師告訴我的一模一樣，收著就是了。可是收了這第一封信，就急切地翹首企盼收到第二封信，從北京中央美術學院寄出的信，最初幾天真是日日盼夜夜想，掰著手指一算，還早著呢，一個禮拜過去，思情就懈怠下來了，一懈怠日子就過得快多了，一眨眼功夫半個月過去了。一天上午，郵遞員騎著綠色永久牌自行車，頭戴綠色大蓋帽，身穿一身綠色制服，後座兩旁掛一對綠色郵袋，搖著嘀鈴鈴的鈴鐺聲，直奔我家門前來，車未停，口中高唱：「北京來信！」當年我們鄉下罕有北京來信，所以他也有一種新奇感，雖然並不知道這封信於我有多麼大的特殊意義，決定我生命前程的大事。我聽到「北京來信」的四個字聲，立即跳出門檻，從郵遞員手中接過信來，仔細一端祥，的確是我熱切盼望、等待已久的信件，牛皮紙信封右下方明明白白橫式印著紅色的「中央美術學院」六個行書字跡，下面還有一行鉛印小字：北京東城區校尉營胡同八號。再看，是寫著我的名姓，是叫我收這封信，沒錯兒。媽上鎮還未回來，爸到學校去了還沒回，祖母在家沒過來，屋子裡就我一個人，不敢拆也不願拆，我又把信封拿在手裡正面看反面看就是不拆，我心想等媽回家，我們一起拆一起讀。主意拿定了，我的心緒突然安穩得很，我靜靜地坐在桌邊條凳上，把這封信端端正正放在我媽的座位前邊的桌面上，看著它，等待我媽回家。

一杜香功夫，媽拎著一籃子菜回來了，我叫聲媽卻沒移動身子，媽見我規規矩矩坐著不動，好生奇怪地問：「哪兒不舒服啦？」我立即站立起來，面對著媽朝桌面那邊呶呶嘴，媽的眼光落到桌面的信封上，此時我已接過媽手中的菜籃子，媽跨前兩步走近桌旁拿取信封，一看還沒拆開：「咦，還不快拆開來看看，寫點啥？」我回答：「就等您回家一起拆。」媽笑著說：「看你的，這平郎。」說時間，我已拆開信封，從封套裡抽出一張疊得整整齊齊的長方形信箋，展開看去，字不是用手寫的，很可能用臘紙打印出來的，右下方還蓋了一枚圓形朱文印章。媽已落座，我站著念給她聽：

倪十力同學：

根據你這次聯合招生考試的成績，經我們研究決定正式錄取你為我院美術史美術理論系新生，望你按時於八月卅、卅一日來院報到，註冊上課。

前此，上海藝術院校聯合招生辦公室發出的不錄取通知書聲明作廢。

中央美術學院教務處（蓋橢圓形朱文印章）

一九六〇年七月十八日

一塊石頭落地，近兩年的林林總總一齊湧現眼前，心中五味雜陳，卻吐不出一句話一個字。媽媽一把把我摟入懷中，我不住地輕聲呼喊：「媽媽，媽媽……。」

媽計畫著為我準備行裝，祖母也來出主意，最緊要的是做一件厚厚實實的棉襖，長一些，至少要蓋過屁股。誰都不知道北京冬天究竟有多冷，總之比家鄉長江入海口地區冷。我媽算是有經驗了，八年前我姐去長春讀書，都帶了一襲皮袍子去的，姐姐寫回來的家信上說，冬天的東北真天寒地凍了得，房檐上的冰淩子又粗又長，有的掛下來直到地面變成冰柱子；男人都不敢露天小便，厲害時也會結冰，聽聽都害怕，談虎色變。我對媽說，長春在關外，北京在關內，關內不比關外冷吧。媽說：「反正都在北方，怎麼不叫南京叫北京？就是寒冷，防冷防凍是要害。」我媽手巧得很，完全用手工裁剪，一針一線為我縫製了一件時尚的列寧裝長棉襖，也可稱短大衣，最流行的藍色半棉紗斜紋布面，本白色布襯裡子，鋪了上等白棉絮重過二斤，又厚又軟又暖和；外加雙排中型黑色紐扣，更在大翻領口上縫一塊淺灰色絨毛，頓時精神生輝，那是真正的點睛之筆呀！就這件比舊時龍袍還珍貴萬千倍的長棉襖呵護我抵禦北方嚴冬臘月共七載，一直到文化大革命武鬥熾烈期不時搬宿舍躲避戰火中遺失，毀滅於文攻武鬥交戰之中。臨近八月下旬，爸已為我買下一隻嶄新的二十八寸墨綠色大帆布箱，裝了滿滿一箱子衣物鞋帽之類日常用品，當然還有那件新長棉襖，可惜正值夏秋之交天熱不能將它穿在身上，我只得將它塞進布箱裡，皺巴巴的，心有不忍啊！

八月二十六日，晴天，萬里無雲，一大早知了們抱住樹枝就鳴個不停，預示著今天是個大熱天，也許是為我壯行而奏樂吧。我們一家人都起了一個大早，連兩個妹妹都安安靜靜早早起床了，空氣中飄浮著一種說不清道不白的氣氛，出遠門上學的興奮激動的因素一直往下沉往下降，幾乎接近於零；惜別難分難離的情愫在增長、在上升、在膨脹、在擴大，佔據了我滿腦袋，媽媽的慈愛祖母的關照家庭的溫暖佔滿我心，我迷糊了，我不能思考我全然醉了暈了。吃完早餐，昨天預約好了的二等車工人已到，正忙著將我鼓鼓囊囊的被包和帆布箱分別捆綁在自行車後座兩旁，就像小毛驢馱物一般，現時真不堪想像我怎麼還可以坐上後座，工人又怎能蹬車前行在坑坑窪窪高低不平的鄉間狹窄泥路上，而不掉進水溝去呢?實際是車行如飛，如耍雜技一般。眼看著工人推著滿載行李的自行車走出了宅子，媽和祖母捉住我的左右手緩慢跟著向前走，爸領著妹妹們尾隨在後，我們轉過宅溝東沿往北，穿越亭亭玉立的翠竹園，走到田埂上，晚稻正由青轉黃，在晨曦映照下分外嬌豔，很快就要到收割時節了。回頭西望，我們的房舍透過竹林隱約可見，青瓦粉牆，在竹林嫩綠映襯下，顯得特別地可親可愛，以前我怎麼沒發現呢?我們前行，一束束陽光在竹林間閃爍跳躍著向後隱退；再前行一百米就是水渠了，水渠中的水由西邊的電灌站將河水抽上來送進水渠，水由西向東緩緩流淌，每過一個小閘口分流出去一股，潺潺流入稻田，收割前最後一次少量灌溉，有益於稻穀灌漿，令稻穀更形飽滿充實發亮，期望增產又豐收啊!自行車工人立在水渠上觀望等待催促我上車，我爸對祖母說：「媽，就送到這裡吧。平兒去北京上學讀書，是喜事，大家高高興興才對啊!」爸握住我手，兩雙手緊緊攥在一起。隨後我一手一個摟住我的兩位妹妹，叮囑她們聽爸媽話，好好用功讀書。這時，祖母笑開了說：「平郎長大出遠門讀書了，放寒假回家來看我們。」她老人家邊說邊拍打我兩三下屁股。媽站在一旁看一邊忍不住流淚了，待到我一把抱住她時，我只模模糊糊地聽她問：「真的要走了?」她伏在我右肩上真的熱淚如泉湧，我的眼前也已經一片模糊，不辨南北東西中了。耳邊響起爸的聲音囑咐我：「平兒，走吧！到了學校辦好手續來封信。」

我走幾步一回頭，又走幾步再回頭，終於坐到自行車後座上，看見媽媽他們向我招手，自行車迅速前行，我再回望媽媽仍向我前行的方向招手。我的目力有限，媽媽他們的身影變得模糊了，模糊再模糊，我的親人快要消失在我的視野極限之外。我也消失了，他們已經望不見我的蹤影，平兒放飛了！

蒸汽機火車頭要走近三十小時才能走完從上海到北京的一千四百八十公里長途路程，每逢起動它總是氣喘噓噓，撲欶撲欶黑氣亂噴，憋足了氣大吼一聲才緩慢拖著極為沉重的步伐牽動長長的身子向前行，每每遇到站頭總又興高采烈，汽笛長鳴，舒一口長氣，滑溜進月臺，一屁股坐下憩息，不思再起再行卻又不得不再起再行。停南京、蚌埠、徐州、濟南和天津等大站一般總要超過半小時，水喝足、煤加齊、氣息夠了才繼續上路；小站也個個不放過停下息一會兒，五、六分十來分鐘不等，分分計較秒秒必爭。更有甚者，它明知自己行得慢，有時聽到背後轟隆隆快速火車兄弟奔來，乾脆往岔道上一躲，前不著村後不靠店，拋在荒郊野地裡，稍感淒涼，尤其是夜深人靜時，不聞一聲狗吠雞鳴。它脾氣好，不賭氣不爭先，慢悠悠搖搖晃晃任由他人先行，自個兒拿定主意守規矩，絕不做擋道狗，說實在這樣的態度也蠻好。每到一站無論大小，乘客們蜂湧而下，上上下下流動性大，短途乘客比例不小，包袱行囊肩扛手挎的，前抱後背手牽孩童的，絡繹不絕，小小的車門洞口常常被爭先恐後的旅客憋住了，上不能上，下不能下，各不相讓，也不著急，列車服務員正在月臺上伸胳膊展腿腳，也視若無睹。月臺上推小車賣吃食的，大嬸小姑娘挎只籃子賣熟雞蛋、麪餅饅頭的、燒雞熟驢肉的，什麼都有，有些懶於擠下車的乘客則打開車窗，伸出頭去挑這挑那，討價還價，好一番熱鬧景象，如置身於《清明上河圖》中，遊蕩到了北宋年間京城汴梁——現如今的開封了。

夜行車，個個像瞌睡蟲，低垂了頭，任憑哈啦子往下流往下淌往下滴；頻頻打鼾聲，車廂這兒那兒都有，往往此起彼伏，似山呼海嘯，如悶雷霹靂，好不繁忙有趣，不知怎麼車身一大晃動，鼾聲嘎然中斷，那位大爺睡眼朦朧地詢問：「到哪兒啦？」

我不睏，睡不著，只得看西洋景消磨時光。

車到天津西站，東方剛露魚肚白，停半個多小時。我走到月臺盡頭去洗臉，那邊廂人少，也正好多走幾步路活動活動腿腳。月臺上空氣清冽又新鮮，沒有販賣吃食的小攤，不亂不髒無喧嘩，少有的清爽感覺，洗完臉又嗽了口，我從東到西、從西到東走了三個來回，突然間意識到火車快要開進北京，出了站怎麼去學校倒成了一個問題。於是趕緊上車請教我對面座位上的三位胸前別著北京大學校徽的女學生，只見她們個個梳洗完畢，正嗑瓜子閒聊，我落座後定一定神，才掏出錄取通知書給她們看，並問道：「你們知道去『中央美術學院』怎麼走嗎？」

坐在靠窗的女生接過通知書一看，忽然尖聲叫一聲：「啊——！你被中央美院錄取了？」騰出左手指著我。另外兩位眼睛直勾勾地望著她，不知其所以然。我只是略微一點頭，對她如此激動也頗感突如其來，又莫名其妙，不知如何應對。還是那位尖叫的女學生說話了：「我妹妹今年也報考中央美院，但名落孫山，在家哭鼻子吶！」她現在對著我的問題回答道：「我知道『中央美術學院』在哪兒，就在城裡王府井，東安市場東隔壁，協和醫院斜對面，校門開在一條胡同裡，對了，就是叫校尉營胡同什麼的。」

我一頭霧水，她一口氣講了好幾個北京城著名的地標，可對於我都是頭一遭聽說，既新鮮又陌生得很，所以不得一點兒要領，腦子反而更加雜亂不清了，正張大眼睛木呆呆的聽，一臉迷惑。

另一位搭腔說：「對了，有一次我去王府井百貨大樓，還轉悠到過那兒，當時還奇怪堂堂一所大學，怎麼開在一條小胡同裡，又地處最熱鬧的商業區，真不解，不過買東西特方便。」

我找到她們你一句我一句說話的空檔，插進去問：「離火車站多遠？乘哪一路車？」又是那位尖叫的女學生想了一想，用不很確定的口吻商量道：「從火車站乘三路電車到百貨大樓門口那站下，大概五、六站吧。」略一停頓，她改口說：「你其實不必乘車，我看你行李不多，還不如走路去，也不過半個多小時就到了。」

我說走去也好，怎麼個走法？她很熱情友好，從書包裡找出一張紙一支筆，畫一幅示意圖，標出什麼東單、崇文門、三條之類地名，我覺著好古怪的地名，好難記。她就著示意圖講一遍並把它送給我，它是我摸索去學校的路條、航標啊！我連聲說：「謝謝，謝謝。」

她又從第三個女生手裡收回錄取通知書還我，嘴裡咕咚一句：「半天還沒看夠？」那女生一翻白眼，沒吭一聲。

說話間，車已過楊村緊逼豐台，乘客們開始騷動，開始打點行旅架上的物品，人聲嘈雜，都忙開了。我坐著看她們整理行裝，腦子裡胡亂思想著北三條、東單究竟是個什麼樣的地方啊！

咣啷一聲響，車停了，終點站北京到，人們突然間精神抖擻地往前擠往下衝，好像每個人都有要務在身，必須急急地去辦，所以耽擱不得一丁點兒時間。其實一踏上月臺，個個又立刻換另一種面貌，一停步一站立一張望一紮堆，瞬息間變得不慌不忙，安之若素，悠哉悠哉了，走路也變為安步當車，蹣跚而行，旁若無人了。

我眼下也無心欣賞我們偉大祖國心臟的種種美景，尋思最要緊的是先找到去學校的路。我將通知書塞進書包裡，手裡攥著路條隨最後一批乘客下了車，走到月臺上，跟隨人流比肩接踵地湧入地道，再轉入甬道，終於出了車站北大門，重見陽光。偌大個站前廣場真的前所未見，一堆堆旅人背靠行包席地或坐或臥或躺，頗覺新奇，這裡能躺得的麼？不敢旁騖多想。

我背向大門立定腳跟以定方位，放眼望去，人流分東西北三向散去，我展開路條一瞥，立刻明白向左前方行進，即向西也。剛過廣場就見到三路電車站牌，為確保安全起見，動念找警察求證，湊巧一個警察立在路邊東張西望，緊走兩步過去打聽，他看了路條用手向西一晃，我猜大意是向西走就是崇文門了，他嘴裡也發聲，可我沒聽明白，因為我聽他的捲舌音不習慣，像大舌頭兒——兒——兒的不知所云，還是他的肢體語言、啞語實用，我放心大膽西行。

沿路步行者不算少，一點不冷清孤單，不一會兒到了一個大十字街頭，心想必是崇文門，複看地圖亦然，縱然我一遍兩遍遠眺近覓就是不見一個門，也無崇文門三字可見，頗覺蹊蹺，心生孤疑，站在十字街頭東北角四下張望思索，應向哪個方向開步？按圖索驥應向北走，走不遠處又遇到一個十

罕見的少數兩層建築之一，傳說是明代官署。二十世紀五〇年代改作鎮政府辦公用房，但不知清代的用途，大致也不出為官衙、豪門所擁有，與小民百姓無涉。歷史延革至今，仍存鶴立雞群之姿。歇山頂型建築僅見於小鎮也者。（2009年春季攝）

字街頭，比剛才的大多了，東西方向馬路加寬許多，我認證它就是東長安街，這十字街頭即是東單，穿過馬路再轉彎穿馬路，我已站在十字街頭西北角，見到東單菜市場五個字讓我心放下了，肯定這兒是東單了。接著往北行，逐漸見到東單一條二條三條小胡同標牌，鑽進東單三條胡同行不遠，一右轉，只行了一段路，我終於站在赫赫有名的「協和醫院」西大門口，「協和醫院」四個字豎寫在一塊白漆底的木牌子上。我心想快找到美院了，路條到此終止，沒有了。這時間的我忽然轉向不分南北東西，站在那裡定了定神向人多的方向邁開步子，人來人往，川流不息，過了全聚德烤鴨店門口，往右一拐，到了大街上，商店林立，人潮洶湧，什麼盛錫福帽店、亨得利鐘錶行、北京兒童用品商店、普蘭德洗衣店……紛紛向我襲來，本能提醒我走錯路了，學校怎會開到大街上來？難道爭做生意不成？此念一出，立即返身，重回「協和醫院」西大門，仔細一瞧，醫院右側開著一扇小門，小門裡牆上掛一塊尺把長的本色小木牌，上書「傳達室」三字，我如獲至寶，一邊埋怨自己剛才粗心忽略，怎麼沒看見，一邊趕緊走上前去詢問，坐在裡面的老工友很熱心，走出門來，沿著校尉營胡同方向向右指道：「朝前走約兩百米，左邊那扇大門就是美院了。」我照工友手指的方向走去，果然看見對開式的兩扇淺灰色大木門敞開著，大門連在兩側的灰色水泥四方立柱上，柱子頂端各按一盞圓形罩燈，北側那根柱子上豎掛一塊高約一百八十釐米寬四十釐米的木牌，白底黑字，上書行楷「中央美術學院」六個大字。到了，看見這牌子我深深吸一口氣，心徹底放下，終於找到了。

大門裡邊北側碼放著一排課桌，擋在傳達室的前面，課桌後邊坐著好幾位同學，見我隻身邁進學校大門，有兩位同學站起來迎我，他們齊聲合唱道：「歡迎新同學！歡迎新同學！」

從今天起，我在這裡開始了我生命中最堪回憶的五年大學生活，那是生命大河最旺盛最璀璨也最難忘的美好時光啊！

天外音直透天靈蓋重叩倪十力的心扉：世事殊易，或許你又要被繼續編織遊戲之夢幻了不成?!

二〇〇七年十二月初稿　二〇〇八年十月完稿

國家圖書館出版品預行編目

生之夢 / 倪慧山著. -- 一版. -- 臺北市：秀威資訊科技, 2009. 11
面； 公分. --（語言文學類；PG0289）

BOD版
ISBN 978-986-221-302-5（平裝）

857.7　　98017444

語言文學類　PG0289

生之夢

作　　者 / 倪慧山
發 行 人 / 宋政坤
執行編輯 / 林世玲
圖文排版 / 鄭維心
封面設計 / 陳佩蓉
數位轉譯 / 徐真玉　沈裕閔
圖書銷售 / 林怡君
法律顧問 / 毛國樑　律師
出版印製 / 秀威資訊科技股份有限公司
台北市內湖區瑞光路583巷25號1樓
電話：02-2657-9211　傳真：02-2657-9106
E-mail：service@showwe.com.tw
經 銷 商 / 紅螞蟻圖書有限公司
台北市內湖區舊宗路二段121巷28、32號4樓
電話：02-2795-3656　傳真：02-2795-4100
http://www.e-redant.com

2009 年 11 月　BOD 一版
定價：230 元

讀　者　回　函　卡

感謝您購買本書，為提升服務品質，煩請填寫以下問卷，收到您的寶貴意見後，我們會仔細收藏記錄並回贈紀念品，謝謝！

1.您購買的書名：______________________________

2.您從何得知本書的消息？

☐網路書店　☐部落格　☐資料庫搜尋　☐書訊　☐電子報　☐書店

☐平面媒體　☐　朋友推薦　☐網站推薦　☐其他__________

3.您對本書的評價：(請填代號　1.非常滿意 2.滿意 3.尚可 4.再改進)

封面設計____　版面編排____　內容____　文/譯筆____　價格____

4.讀完書後您覺得：

☐很有收獲　☐有收獲　☐收獲不多　☐沒收獲

5.您會推薦本書給朋友嗎？

☐會　☐不會，為什麼？______________________________________

6.其他寶貴的意見：____

____

____

____

讀者基本資料

姓名：____________________　年齡：______　性別：☐女　☐男

聯絡電話：________________　E-mail：____________________

地址：____

學歷：☐高中(含)以下　☐高中　☐專科學校　☐大學

☐研究所(含)以上　☐其他_______________

職業：☐製造業　☐金融業　☐資訊業　☐軍警　☐傳播業　☐自由業

☐服務業　☐公務員　☐教職　☐學生　☐其他__________

請 貼
郵 票

To：114

台北市內湖區瑞光路 583 巷 25 號 1 樓

秀威資訊科技股份有限公司　　　收

寄件人姓名：

寄件人地址：□□□

(請沿線對摺寄回,謝謝!)